LE

CHATEAU NOIR,

O U

LES SOUFFRANCES

DE LA JEUNE OPHELLE.

Tiens, prends, et lis cette Lettre.

Binet del.   Bovinet Sculp.

LE CHATEAU NOIR,

OU

LES SOUFFRANCES
DE LA JEUNE OPHELLE,

Par Anna d'Or. Mér. St. J.

Auteur de la Mère coupable.

Elle nourrit son mal ; elle pleure, soupire,
Se consume d'amour, et chérit son délire.

MÉRARD-SAINT-JUST.

A PARIS,

Chez Le Prieur, Libraire, rue de
Savoie, N.º 12.

An VII.

LETTRE

De madame la Vicomtesse de VERMENIL, à madame la Marquise d'ORTINMAR.

Ce 18 Juillet 17....

OPHELLE !... Ophelle !... ma douce amie !.... elle n'est plus ! hélas ! madame, ses beaux yeux sont fermés pour toujours ! sa bouche ne me sourira plus. Son cœur, naguère si brûlant pour l'amour et son amie, ne respire plus, ne sent plus rien ; il est froid, anéanti. Je ne vous peindrai point en ce moment mes regrets ; je n'en ai pas la force. Pour vous entretenir de ma douleur, j'attendrai que

A 3

dis rien de mes sentimens. Toute entière à ma tristesse, je n'existe que par la douleur.

EULALIE DE VERMENIL.

———

LES SOUFFRANCES

D E

LA JEUNE OPHELLE,

Adressées à madame la Marquise d'ORTINMAR.

Le 15 Septembre 17....

Au nom de l'amitié, vous exigez, madame, le sacrifice de mon amour-propre : il faut bien que je m'oublie, pour ne m'occuper que de vous. Je vais remplir un devoir cher à mon cœur : il est si doux de vous obéir ! mais tenez-moi compte de ma promptitude à satisfaire vos desirs, en m'accordant l'indulgence à laquelle a droit une amie qui, sans prétentions, n'écrit que pour vous plaire.

M. de Rozadelle-Saint-Ophelle, né dans l'ordre de la noblesse, d'un père très-peu riche, s'était fait, jeune encore,

5

un nom dans le barreau. Il avait plaidé
avec assez de célébrité, pour qu'il eût,
avant cinquante ans, acquis de son travail un fonds de deux cent mille écus.
Veuf alors de la mère de ma jeune amie,
il quitta son cabinet pour le monde,
ou plutôt pour se livrer à son penchant
naturel. Il aimait le plaisir, et son tem-
pérament tout de feu, lui faisait une
nécessité de contracter un second mariage. M. de Saint-Ophelle se remaria
donc avec une demoiselle de condition,
mais pauvre, et dont l'éducation avait
été fort négligée. On s'en apercevait aisément. La nature, qui n'avait pas été prodigue pour mademoiselle de Charmelieu
des dons de l'esprit, lui avait accordé
tous les charmes extérieurs du corps et
de la figure. Belle comme un ange,
faite comme une nymphe, cette jeune
personne, légère, inconséquente, et bra-
vant les préjugés, en moins de rien,

dérangea la fortune de son mari. Depuis le second mariage de M. de Rozadelle, sa maison offrit des fêtes presque continuelles ; il y recevait la cour et la ville, et la dépense se faisait sans compter. Enfin, la nouvelle madame de Rozadelle-Saint-Ophelle était si peu entendue, qu'en moins de six ans, il ne resta à son mari que dix mille livres de rente au plus : heureux encore si l'expérience de l'inconduite de sa femme lui eût servi de leçon pour l'avenir ! mais, comme le dit un célèbre poète :

Une chûte toujours entraîne une autre chûte.

Cependant il fallut faire de nécessité vertu. M. de Saint-Ophelle réforma son train ; il n'y eut plus de table ouverte : il réduisit à moins de moitié ses nombreux domestiques; le carrosse et les chevaux furent vendus ; on ne donna plus qu'un grand souper par semaine ; et ce-

6

pendant, malgré toute cette réforme, la dépense excédait encore de beaucoup le revenu. Sans cesse on avait recours aux emprunts : tous les moyens semblaient bons pour se procurer de l'argent. Saint-Ophelle devenait triste, sombre, lorsqu'il en manquait, et sa femme était d'une aigreur insupportable.

Cette médiocre fortune, grace à de légères successions, se soutint encore quelque tems ; mais les ressources ayant été bientôt épuisées, Saint-Ophelle, dégoûté enfin du grand monde, et devenu insouciant par misanthropie, alla vivre en province avec un de ses frères. Son épouse, qui prit alors le nom de madame de Pelverde, ne voulut point le suivre : elle exigea même qu'il lui laissât la jeune Rozadelle, pour être, disait-elle, sa consolation.

Quoiqu'elle n'eût jamais eu d'enfans, elle prétendait les aimer beaucoup. Assu-

rément on ne s'en doutait pas ; car elle
avait toujours traité fort durement sa
belle-fille. Son mari, qui croyait Ophelle
aimée de sa belle-mère, souscrivit à tout,
et crut encore, à quelque prix que ce
fût, gagner beaucoup en se débarrassant
de sa femme. On prépara tout pour le
voyage de M. de Saint-Ophelle : il par-
tit, sans emporter d'autres regrets que
ceux de sa fille, qu'il aurait bien desiré,
s'il eût été possible, emmener avec lui.
Cette jeune personne semblait seule pré-
voir tous les maux qui allaient résul-
ter pour elle de l'absence de son père,
et présager qu'elle venait de l'embrasser
pour la dernière fois.

Il avait à peine quitté Paris, que
madame de Pelverde, je ne sais par quel
enchantement, remonta sa maison, où
l'on vit, de nouveau, arriver tout ce
qu'il y avait d'hommes à la mode. On
rappela, pour donner des leçons à la jeune

demoiselle, des maîtres de danse et de chant, congédiés long-tems avant même l'entière décadence de la fortune de M. de Saint-Ophelle. Sa fille avait un très-joli filet de voix, qu'elle ménageait avec beaucoup d'art; et quand madame de Pelverde voulait bien l'accompagner de sa harpe, on disait que cette réunion de talens procurait le plus grand plaisir.

Un jour qu'elle attendait beaucoup de monde, elle vint trouver dans sa chambre Rozadelle, demeurée au lit plus tard que de coutume. A peine la petite vit-elle entrer sa belle-mère, qu'elle voulut s'excuser sur sa paresse; mais madame de Pelverde lui dit avec bonté qu'il fallait dormir pour avoir le teint frais. Elle lui tint encore plusieurs autres discours qui tendaient tous, non pas à la rendre modeste, mais à lui donner une haute idée de ses charmes naissans.

Madame de Pelverde ajouta qu'elle

lui saurait gré de vouloir bien redoubler
d'attention pour plaire à sa société ; que
le soir même elle donnait à souper à
une compagnie choisie , et que , peut-
être par ses talens , elle charmerait
quelqu'un des convives. Elle accompagna
cet avis d'un baiser , qui lui fut rendu
avec d'autant plus de sensibilité , que
la jeune Rozadelle n'était point accoutumée à ses caresses , n'en ayant reçu
de sa belle-mère que depuis le départ
de M. de Saint-Ophelle , et rarement
encore.

L'heure de s'assembler vint enfin ,
et ma jeune amie fut trouvée aimable
généralement par tout le monde. Il est
vrai qu'elle avait retenu à merveille les
leçons de sa belle maman , se prêtant de
bonne grace à tout ce qu'on desirait
d'elle. Elle adressa particulièrement ses
politesses à un monsieur qui lui parut
bien laid et bien vieux , auprès de qui

madame de Pelverde la plaça. Rozadelle,
pour captiver la bienveillance de sa belle-
mère , arrangea dans sa tête qu'elle devait nécessairement chercher à plaire à
ce vieillard. La suite l'instruisit , comme
vous le verrez , qu'elle ne s'était pas
trompée dans ses conjectures. Mais lais-
sons pour un moment ce triste financier :
je ne reviendrai que trop tôt à cet auteur
de tous les chagrins de la jeune Saint-
Ophelle. Sachez pour l'instant , madame , qu'elle eut le malheur de l'enchanter.

On ne peut donc fuir sa destinée : une
jeune fille peut rarement disposer de son
cœur : il semble que ses parens la regardent comme leur propriété , et la
fatalité du sort veut presque toujours que
nous préférions le mortel qui ne peut
nous appartenir.

A ce même souper, dont je vous parlais tout-à-l'heure, était aussi le comte d'Eloncour, homme aimable, quoique n'ayant plus les grâces de la jeunesse ; avantage souvent trop apprécié par les jeunes personnes. Sa figure conservait un caractère de noblesse qui plut beaucoup à Saint-Ophelle : ce qu'elle distingua particulièrement en lui, ce ne fut ni sa riche taille, ni ses beaux cheveux, mais son regard tendre et l'accent de sa voix, qui ajoutaient un charme inexprimable à l'agrément de sa conversation. A l'esprit le plus cultivé, le plus brillant, à la facilité de tout dire avec grâce, il joignait le mérite rare d'une modestie vraie et sans prétention.

Il jugea Ophelle favorablement dès cette première entrevue. Les cœurs s'attirent en raison de la conformité des penchans : deux êtres qui s'aiment semblent n'avoir qu'une même ame. Ils

éprouvèrent, le comte d'Eloncour et
elle, qu'ils ne pouvaient plus exister
l'un sans l'autre.

Madame de Pelverde prit aussi, pour
le comte, le goût le plus décidé; goût
qu'elle n'a laissé que trop éclater dans la
suite, et dont Ophelle a si cruellement
été la victime, ainsi que son amant.

Le lendemain matin, ma belle amie
fut fort surprise de voir entrer dans sa
chambre, au moment de sa toilette,
madame de Pelverde, suivie de quelqu'un
des gens de M. de Panor. C'était le nom
de ce financier qui, la veille, avait soupé
chez elle. Le laquais était chargé pour
Ophelle, de la part de son maître,
d'une corbeille remplie de présens qu'elle
accepta avec les démonstrations de la
joie la plus franche, sans penser qu'il
y eût la moindre conséquence à recevoir
de tels cadeaux d'un homme qui lui était
à peine connu. Elle était simple : et qui

ne l'est à dix-sept ans? Elle ignorait alors, ce qu'elle a su depuis, qu'il est rare qu'un homme donne à une jeune personne de son sexe, pour le seul plaisir de donner.

Madame de Pelverde ne manqua pas d'exalter infiniment la valeur du présent envoyé à sa fille : en effet, il était considérable, puisqu'on l'estima au moins être de la valeur de mille écus. Madame de Pelverde chercha à lui faire entendre qu'une telle galanterie méritait bien de sa part qu'elle prît un peu d'amitié pour M. de Panor. Je vous jure, interrompit mon amie, que je le trouve aimable ! Cet aveu naïf parut la satisfaire. Elle était loin d'imaginer quel pouvait être le genre d'intérêt que prenait sa belle-mère à ce M. de Panor.

Peu de jours après, elles furent invitées par lui de venir passer un mois dans sa terre, dont il leur vanta beaucoup la beauté.

Madame de Pelverde , absolument maîtresse d'y prier toutes les personnes qui pouvaient lui convenir , ne manqua pas d'engager M. d'Eloncour à l'y suivre : il accepta ; ce qui combla de joie Ophelle autant que sa belle-mère, laquelle ne pouvait plus se passer de voir le comte. Elle l'excédait par ses politesses outrées et ridicules , par son éternel bavardage , son importance sotte , minutieuse , et des demi-confidences toujours hors de saison.

Le comte n'était pas riche , quoiqu'à différentes reprises il eût vu la fortune lui sourire. Mais il aimait la magnificence , et ses affaires en avaient été dérangées. Il ne possédait alors qu'un revenu médiocre pour un homme de son rang. Il jouissait néanmoins d'une assez haute considération à Versailles et dans plusieurs cours étrangères : c'est même relativement à ces titres, et presque pour cela seul, que d'abord madame de Pelverde se l'attacha ; mais l'amour succéda bientôt, et cet amour devint une passion.

Madame de Pelverde fit de grands préparatifs pour le voyage qu'elle projetait. Jamais elle n'avait été plus recherchée dans sa parure : elle fit emplette, en tous genres, des ajustemens les plus nouveaux. Nous effacerons, disait-elle à sa belle-fille, par l'élégance et le goût, toutes les dames de Nonzevoi. Ophelle se prêtait, avec complaisance, aux desirs de sa maman, desirs qui étaient aussi les siens ; mais alors elle ne s'en doutait point.

Elle ne demeura cependant pas fort long-tems dans cette dangereuse sécurité, qui nous porte à prendre les événemens comme ils arrivent, sans réfléchir aux circonstances qui les accompagnent ; sécurité qui nous empêche d'approfondir les motifs d'après lesquels agissent les personnes dont nous sommes entourés. Pouvait - elle connaître madame de Pelverde? Ophelle s'ignorait elle - même.

Un événement imprévu la tira de son ignorance, en l'éclairant sur les dispositions et les véritables sentimens de son cœur.

Peu de jours avant leur départ pour la campagne, madame de Pelverde et sa fille rendirent des visites : elles furent chez la marquise de Monclairi. Ophelle s'attendait peu au chagrin qu'elle ressentit en entrant chez cette dame, où se trouva beaucoup de monde. Le comte donnait la main à madame de Pelverde, et Ophelle les précédait. Grand Dieu ! avec quelle froideur on les reçoit ! On se parle à l'oreille ; on se fait des mines ;

on recule son fauteuil des leurs ; on répond de travers à leurs questions , ou
l'on détourne les yeux , pour éviter de
leur répondre. Que leur annonçait une
pareille réception ?

Les hommes eurent plus d'indulgence
pour elles ; ils semblaient les plaindre.
Madame de Pelverde, Ophelle et le comte
se regardaient , et cherchaient à deviner
dans leurs regards le motif d'une si cruelle
impolitesse : rien ne les mettait sur la
voie. A un murmure assez marqué , avait
succédé presque un profond silence. A la
fin , M. d'Eloncour , impatienté , aborde
un de ses amis , et l'interroge. Celui-
ci , ignorant le grand intérêt que le
comte mettait à sa demande, lui apprend,
très-inconsidérément, qu'un homme, qui
jouait au trictrac dans une pièce voisine,
était cause, par ses propos indiscrets, de
la mortification tout-à-fait humiliante
à laquelle ses dames restaient en butte

depuis leur arrivée. Qu'a-t-il pu dire ,
interrompit brusquement le comte ? —
Des horreurs de mademoiselle de Saint-
Ophelle. La marquise en vantait les
grâces, la candeur et l'amabilité.. Quoi!
marquise, a repris le chevalier d'Abert,
parent de madame de Monclairi, vous
connaissez cela ? Vous comptez recevoir
ces femmes dans votre maison ? On n'ob-
serve donc plus aucune bienséance dans
la société ! il faudra que les personnes
tant soit peu délicates, s'enterrent toutes
vives dans leurs propres foyers, afin de
ne plus se rencontrer avec la mauvaise
compagnie. La marquise s'est révoltée
contre une pareille sortie , et a défendu
long-tems vos dames avec beaucoup de
chaleur ; mais le chevalier a ajouté cent
choses pour prouver qu'on ne devait pas
les admettre en bonne compagnie , et
madame de Monclairi n'a plus osé ré-
pliquer. Il nous a donné clairement à
entendre

entendre qu'un de ses amis, l'ayant mené
au concert chez madame de Pelverde,
il avait trouvé cette femme si sotte, si
folle ; sa belle-fille si coquette, si ga-
lante, et leur musique et leurs soupers
si mauvais, qu'il s'était vu, en conscience, forcé de déserter cette maison.
Mais, chevalier, a dit alors le baron
de Tansumir, on m'a pourtant assuré
que ce sont des dames comme il faut?
— Oui, comme il nous en faut, à toi,
à moi, mon cher baron ; mais non
comme il les faut à madame la marquise. Baron, je te le dis en confidence
(il parlait très-haut, et devant trente
témoins), j'ai quitté la petite, las d'être
dans ses bonnes grâces, moi septième.
Monstre abominable ! s'écria le comte,
transporté de colère, je te punirai de
tant de calomnies.

Pendant que M. d'Eloncour causait
avec son ami ; intimidée, fort mal à son

B

aise, Ophelle suivait des yeux les regards et les gestes du comte ; ils étaient
si animés, qu'elle jugea bien qu'il se
passait quelque chose d'extraordinaire
entre ces deux messieurs. Comme elle
essayait d'interpréter leurs mouvemens,
il sortit du petit salon quelqu'un qui,
s'approchant plusieurs fois d'Ophelle,
pour l'examiner, sans doute, plus à son
aise, répéta avec exclamation : Voilà
une jeune personne dont les grâces, le
maintien et la figure annoncent l'ame
la plus belle, la meilleure éducation et
une naissance distinguée . . . . . Qui est-
elle ? comment la nomme-t-on ? Quelle
fut la surprise d'Ophelle ! comme elle
demeura confuse ! toute l'assemblée
éclata de rire. Quoi, chevalier ! vous
ne connaissez pas mademoiselle ? lui demanda-t-on. — Non. Je ne l'ai jamais
vue : c'est un ange ! — Quoi ! vous ne
l'avez jamais vue ? s'écria le comte, les

yeux étincelans de rage ; vous ne la connaissez pas, et vous vous êtes permis de la diffamer de la manière la plus atroce, devant une société qui, trop crédule, vient de la punir, par des dédains, de vos inculpations calomnieuses ? D'Abert, qui ne s'attendait pas à cette apostrophe, demeura déconcerté. Il fut forcé de se dédire de toutes ses fausses inculpations, inventées par lui contre madame de Pelverde et sa belle-fille. Il leur fit les plus humbles excuses de son mensonge, et avoua le motif de ses calomnies et de sa vengeance : madame de Pelverde n'avait point voulu l'admettre dans sa société, quoiqu'un ami commun eût long-tems sollicité cette grace pour lui. Ce fat avait la réputation, beaucoup trop justifiée, d'être extrêmement avantageux, et de ne ménager nullement la réputation des femmes.

Cette réparation authentique satisfit tout le monde, et l'on demanda pardon à madame de Pelverde, ainsi qu'à Ophelle, d'avoir, quelques instans, ajouté foi à tant de noirceurs. La marquise les plaignit, et les invita instamment de lui donner la soirée, pour lui prouver qu'elles oubliaient ce qui venait de se passer. Madame de Pelverde ne pouvant se défendre de ses prières réitérées, accepta pour elle et pour sa belle-fille : elles soupèrent chez madame de Monclairi.

Vous imaginez bien, madame, que M. d'Abert, couvert de honte, après son humiliante confession, se glissa furtivement du côté de la porte, et disparut. Aussi-tôt, quelqu'un dit, que puisque l'on pendait les voleurs d'or et de bijoux, que l'on rouait les meurtriers, il n'était pas dû *à l'assassin de réputations* un moindre supplice. Etre barbare, dont le plaisir réfléchi est de nous poignarder sourdement, et de nous arracher plus que la vie, en nous ôtant l'honneur et la considération publique! Qu'on croie donc, ajouta une dame pleine de bon sens, et qui avait pris avec la marquise la défense de madame de Pelverde et de sa fille, sans cependant les connaître ; qu'on croie donc aux discours de ces fats toujours prêts à se vanter d'être dans nos bonnes grâces! Notre crédulité, ou plutôt notre malignité, fait seule les calomniateurs ; et si nous n'écoutions pas, avec une curiosité avide et coupable, le mal qu'on nous débite des uns et des autres, on verrait bientôt passer de mode ces conversations si dangereuses pour les femmes.

M. d'Eloncour disparut. Ophelle le fit remarquer à sa belle-mère et à la marquise : elles partagèrent son effroi et ses craintes. On sonna, et l'on sut

3

par un des gens, que le comte avait re-
joint dans la rue le chevalier d'Abert.
On ne douta plus qu'ils ne fussent allé
se battre, et l'on ne tarda pas à en avoir
la certitude par un laquais, qui, tout
pâle et le regard effaré, vint apprendre
à madame de Pelverde que son maître
ne viendrait pas les reprendre, parce qu'il
était blessé d'un coup d'épée. Ophelle
n'en entendit pas davantage ; elle perdit
connaissance.

Revenue de son évanouissement, elle
se trouva dans son lit : madame de Pelverde était à son chevet, les yeux mouillés de larmes. Rassurée sur le danger
d'Ophelle, elle sort de sa chambre,
sans lui avoir adressé un mot. La jeune
personne conclut de ce silence morne et
de sa figure altérée, que sa belle-mère
était aussi dans la douleur de l'aventure
de d'Eloncour.

Quelle nuit à passer ! Ophelle ne dormit pas un moment; elle eut tout le loisir, loisir bien pénible, de réfléchir sur le genre d'intérêt qu'elle prenait au comte. Dieux ! qu'elle fut épouvantée des secrets de son cœur ! Recevez, madame, dans le sein de l'amitié, l'aveu de la faiblesse de ma trop tendre amie : oui, elle sentit dans ce moment qu'elle eût préféré de voir sa réputation ternie, à savoir le comte blessé. Jugez de sa tendresse pour lui !

Le lendemain, dès le matin, elle entre dans l'appartement de sa belle-mère, qui n'avait pas non plus reposé un moment. Elle apprend de madame de Pelverde, et avec quel plaisir ! qu'elle attendait un de ses gens parti pour l'hôtel de l'Ithimile. Il revint un quart-d'heure après avec un billet du comte. Ce billet portait que sa blessure était au bras; par conséquent légère et peu dangereuse, quoique la veille il eût perdu beaucoup

4

de sang ; que le chirurgien appelé pour le panser, avait, contre son gré, ordonné le repos comme nécessaire. Il terminait son bulletin par assurer madame de Pelverde, qu'il viendrait dans l'après-midi lui donner lui-même de ses nouvelles. Cette dernière phrase les transporta de joie l'une et l'autre ; et par un mouvement rapide et involontaire, la belle-mère et la belle-fille s'embrassèrent dans leur enthousiasme, sans deviner ce qui les portait à en agir ainsi.

Que la matinée leur sembla longue ! l'après-midi fut éternel. Enfin, vers les six heures du soir, parut, le bras en écharpe, le cher comte, l'objet de toutes leurs inquiétudes. Qu'il leur parut intéressant ! A peine entré, on lui fait, et sans attendre ses réponses, mille questions sur sa santé. Les demandes, de la part des dames, se succédaient avec une telle volubilité, que pour ne pas

perdre de tems à chercher leurs expres-
sions, Ophelle, et madame de Pelverde
sur-tout, se servirent, dis-je, dans les
témoignages de leur reconnaissance, des
termes les plus tendres qu'emploient les
amans.

Le calme enfin succéda à cette effer-
vescence de leurs ames, et le plus chéri
des mortels les instruisit, en détail, de
tout ce qui s'était passé entre lui et le
chevalier d'Abert. Ce calomniateur mal-
adroit s'en était rapproché avant de
sortir : ils s'étaient dits deux mots à l'o-
reille, pour convenir d'un rendez-vous.
Tous deux arrivés sur les nouveaux bou-
levards, ils avaient mis l'épée à la main.
D'abord le comte se contenta de parer
les coups qu'on lui portait ; mais certain
bientôt que son adversaire, par la fureur
qu'il mettait dans ses attaques, en voulait à ses jours ; animé, en outre, par
le sang qu'il perdait, il lui porta une

5

botte, dont le chevalier eut la gorge percée de part en part, digne châtiment de sa faute. Il fut puni par l'organe qui l'avait servi à offenser la vertu. Le voilà, ajouta le comte d'Eloncour, dans l'heureuse impossibilité d'articuler le moindre mot contre la réputation de l'un ou de l'autre sexe. Il faut avouer, mesdames, que la leçon que je viens de donner à ce petit chevalier, a bien l'air d'être une véritable punition du ciel, qui, plus que moi, peut-être, a pris votre défense. Elles convinrent que cet événement avait, en effet, quelque chose de surnaturel.

Après deux heures et demie d'une visite, qui parut à Ophelle n'avoir pas duré six minutes, l'aimable blessé prit congé, en demandant la permission de voir ces dames le plus souvent possible. Vous croyez bien que, loin d'essuyer un refus, madame de Pelverde

insista pour qu'il vînt souper avec elle
dès le lendemain , si son chirurgien y
consentait : il s'y engagea formellement,
à la grande satisfaction de tous les in-
téressés.

Le soir , en déshabillant ma jeune
amie , la femme-de-chambre de sa belle-
mère l'avertit de se contraindre devant
sa maîtresse , lui protestant qu'elle s'é-
tait aperçue du violent amour de madame de Pelverde pour le comte d'E-
loncour. Ophelle remercia Laure, et lui
promit de veiller sur elle avec beaucoup
d'attention.

Effectivement, prudente , réservée en
tout , rarement Ophelle adressait la parole à M. d'Eloncour; elle évitait de se
trouver auprès de lui , quand elle le pouvait, sans qu'on pût le remarquer ; mais
il est vrai que le hasard semblait toujours d'accord avec son cœur , pour les
placer tout naturellement l'un à côté de

l'autre, au grand regret de la belle-mère, que le comte évitait souvent et avec beaucoup d'adresse, sans jamais paraître impoli. Faites un peu attention, je vous prie, madame, à l'extrême inconséquence de madame de Pelverde. Plus Ophelle mettait de retenue dans sa conduite, plus elle se vit en proie à l'humeur jalouse, maussade, acariâtre de sa belle-mère, qui ne cessait de lui répéter : Mademoiselle, par votre air froid, dédaigneux, quelquefois même repoussant, vous rebutez le comte : toujours vous prenez en aversion ceux que je distingue d'une affection particulière. Je vois bien où vous voulez en venir : vous cherchez à dégoûter le comte de venir chez moi.

Une telle sortie, sans nul motif, surprit Ophelle, et lui donna tout à craindre pour l'avenir. Elle rassura de son mieux sa belle-mère, en lui promettant de faire tout ce qui lui serait agréable. Madame de Pelverde se calma, et parut satisfaite.

Enfin ces dames partirent pour la terre de Nonzevoi. Elles firent ce petit voyage dans une berline de M. de Panor : il les avait devancées de plusieurs jours ; elles se flattaient bien que le comte, qui se portait alors à merveille, ne tarderait pas à venir les rejoindre ; il s'y était engagé d'honneur. Arrivées à Nonzevoi, on les fêta beaucoup ; elles trouvèrent le séjour riant, la chère parfaitement bonne, la compagnie choisie, les promenades délicieuses. A Nonzevoi, on jouissait de soi-même ; il y régnait une liberté tout-à-fait aimable ; chacun y suivait absolument sa fantaisie. Cette manière de vivre, par-tout à desirer, offre des charmes encore plus doux à la campagne.

Mais bientôt M. de Panor se crut en droit de fatiguer Ophelle de son amour, de ses soins déplaisans. Madame de Pelverde le favorisait de son mieux, et, comme de concert avec elle, toute la compagnie semblait se prêter à leurs vues. J'ignore comment cela arrivait ; mais il est certain qu'Ophelle se trouvait toujours rester seule avec M. de Panor, quand on allait se promener : ingénieuse en prétexte, sa belle-mère en avait sans cesse un tout prêt à donner pour excuser cette conduite extraordinaire.

Déjà vingt fois Panor avoit déclaré ses feux à la petite, et lui avait fait part de ses prétendues bonnes intentions pour elle. Il lui répétait sans cesse qu'elle n'avait qu'à vouloir être heureuse, y consentir, dire un mot, et qu'aussi-tôt il lui ferait meubler une superbe maison ; qu'elle tiendrait le plus grand état ; qu'il lui donnerait la plus riche voiture de Paris, avec deux atelages de chevaux anglais les plus vîtes ; qu'il la couvrirait

de diamans; qu'elle aurait sa loge à tous
les spectacles; enfin, il lui offrit, pour
la séduire, tout ce qui n'éblouit et ne
détermine que trop tant de personnes de
notre sexe. Elle refusa toujours, non pas
peut-être par les seuls principes de la vertu,
mais sûrement par l'invincible dégoût que
lui inspirait l'homme le moins fait pour
plaire, et le moins fait pour être aimé.

Depuis un mois environ, elle essuyait
deux, et souvent trois fois par jour, l'ennui mortel d'entendre ce vieillard l'assurer de sa maussade tendresse. Le séjour
des champs lui serait devenu bientôt insupportable, si d'Eloncour n'eût quitté
la capitale pour se rendre à Nonzevoi.
Elle prit pourtant beaucoup d'humeur
de ce qu'on le mettait coucher dans la
chambre voisine de la sienne. C'était la
seule qu'on pût donner au comte; toutes
les autres étaient occupées, et celle de
madame de Pelverde était trop petite pour

qu'on y pût mettre deux lits. Ophelle n'était, en aucune manière, instruite des dangers de l'amour ; mais quelle est la jeune personne qui n'appréhende pas de se trouver la nuit trop près de son amant? Si son cœur gagne à cette jouissance, combien sa modestie n'a-t-elle pas à souffrir !

Souvent placée à table, au jeu, aux promenades auprès du comte, tout les invitait à s'aimer et à se le dire ; tout, même madame de Pelverde. Le jour, sans le savoir, ou à dessein de réussir dans ses projets aussi ambitieux que fous, elle procurait à sa belle-fille mille occasions favorables de s'entretenir secrètement avec M. d'Eloncour. Mais quand tout le monde se retirait pour se coucher, alors elle s'emparait du comte : ils causaient ensemble, et quelquefois fort avant dans la nuit.

Un soir d'Eloncour, impatient de venir trouver Ophelle, quitte assez brusquement madame de Pelverde, sous prétexte qu'il se sentait incommodé. Ophelle qui chantait, et qui n'entendit point le comte rentrer dans son appartement, continua sa chanson. D'Eloncour aimait ses accens. L'ariette achevée, il complimente Ophelle sur le charme de sa voix. Non, jamais, lui dit-il, je ne vous entends chanter, sans croire que les ensible Jean-Jacques a composé ce couplet délicat pour peindre le sentiment dont mon cœur est animé.

> Le cœur me palpite,
> Quand j'entends ta voix ;
> Tout mon sang s'agite
> Dès que je te vois :
> Ouvres-tu la bouche ?
> Les cieux vont s'ouvrir :
> Si ta main me touche,
> Je me sens frémir.... (*)

(*) Ce couplet est véritablement de Jean-Jacques Rousseau. Il est dans ses ouvrages.

Ce couplet achevé, il ajoute : Ma belle voisine , puisque vous ne dormez pas, et que vous ne paraissez point avoir envie de dormir , ouvrez-moi votre porte ; nous·causerons dans votre appartement, et je me retirerai , si-tôt que vous sentirez l'approche du sommeil. Non , lui dit Ophelle , non ; mais je consens à vous écouter. La cloison légère qui nous sépare , ne me fera rien perdre de votre conversation. — J'ai quelque chose à vous remettre. Vous avez oublié sur la table de jeu votre porte-feuille. Ouvrez, je vais vous le donner.—Non, monsieur, j'attendrai à demain. Mon porte-feuille est aussi bien , pour cette nuit, dans vos mains que dans les miennes. Pendant ce colloque , le comte essayait doucement différentes clefs. Jugez du saisissement , de l'effroi d'Ophelle , lorsque, se croyant bien en sûreté dans sa chambre, elle y vit entrer d'Eloncour! Ah, monsieur ! dit-elle en tremblant , sortez, sortez , je vous en prie , et remettez - moi votre clef. Si l'on vous savait ici , je serais perdue : comte, je vous défends de rester davantage. — Je ne vous demande qu'un instant. — Non , non ; éloignez-vous. — Inutilement vous me l'ordonnez ; je ne laisserai pas échapper une occasion qui , peut - être , ne se présenterait plus. Je suis déterminé à rester , mademoiselle. Il avait l'air et le ton si résolus , que , pour se tirer d'embarras , Ophelle ne vit rien de mieux que de lui promettre de le laisser revenir , quand Laure serait de retour de coucher sa belle-mère.—Jurez d'honneur , je vous croirai. Mais si vous me trompez , malheur à vous ! Elle promit. Il se jeta à genoux à côté de son lit, pour la remercier , lui baisa mille fois les mains , en la regardant le plus tendrement possible, et se retira.

Une demi-heure se passe ; Laure remonte enfin, Ophelle l'entend se coucher ; elle se garde d'en avertir le comte,
bien déterminée à ne lui pas tenir parole. Pauvre petite ! vous ne saviez pas,
Ophelle, que jamais un amant ne nous
dégage de notre premier serment d'a-
mour.

Tout était dans le calme : elle croyait
veiller seule dans l'univers , et elle pensait que M. d'Eloncour dormait d'un profond sommeil. Comme elle se mettait au
lit, il rentre sur la pointe du pied , paraît, et la somme de sa promesse. Non ,
je ne puis rendre ce qui se passa en elle
dans cet instant. Tremblante, éperdue ,
elle ne savait que résoudre. —Ah , comte !
dit alors ma timide amie , je me laissais
aller à la flatteuse idée que vous m'aimiez. A présent, je suis certaine du
contraire : vous ne voulez que mon
déshonneur : maman couche ici des-

sous (*) ; la chambre de M. de Panor n'est pas éloignée : faites cesser mes craintes, en vous retirant. — Quoi ! belle Ophelle, l'amant le plus tendre vous cause un tel effroi ? Rassurez-vous. Hélas ! vous détournez vos beaux yeux :. regardez-moi ; je suis aussi tremblant que vous. Mon cœur n'est pas moins agité par la crainte de vous déplaire, que du plaisir d'être si près d'Ophelle. Si vous saviez comme je vous chéris ! — Prouvez-le-moi donc, en vous soumettant à ma volonté. Rentrez dans votre appartement. — Dites-moi que je ne vous suis pas de tous les hommes le mortel le plus odieux. Donnez-moi l'espérance qu'un jour je pourrai vous plaire, et mériter de votre part quelque retour.

(*) Il y avait un escalier dérobé qui communiquait de la chambre de madame de Pelverde à celle de sa belle-fille.

— Que me demandez-vous, comte, dit
Ophelle, vivement émue ? Je ne m'en-
gage à rien : quittez, quittez-moi ; laissez-moi, je vous en conjure. Votre
présence, dans cet instant, me devient
insupportable. — Ophelle, écoutez-moi,
je ne vous demande qu'un quart-d'heure.
— Je vais vous écouter, puisque vous m'y
contraignez absolument. Vous abusez de
votre force ; vous me réduisez par la
violence, à souffrir ce que je ne saurais
empêcher : vous êtes bien peu délicat !
Le comte plein de joie, et comme dans
le délire, se relève (car il était à genoux) et prend un fauteuil à côté de son
chevet. Alors il lui fait part de ses inquiétudes. Il appréhende que madame
de Pelverde, pour réaliser ses projets
ambitieux, ne profite de la jeunesse et
des attraits d'Ophelle, et ne les vende
au financier Panor. Elle lui raconte in-
génuement tout ce qu'elle sait ; c'est-

à-dire, qu'elle le met au fait des instruc-
tions que madame de Pelverde lui a
données relativement à la conduite qu'elle
doit tenir avec le maître du logis ; des
présens que cet homme lui a faits, et
des déclarations qu'elle en reçoit sans
cesse. Le comte tombe tout-à-coup dans
une profonde rêverie. Gardez-vous, lui
dit-il après un long silence, gardez-
vous bien des piéges que vous tendent
des gens bas et vicieux. La vertu et la
sagesse, voilà les plus dignes apanages
de votre sexe : et si jamais vos charmes
doivent appartenir à quelqu'un, qu'ils
ne soient pas le prix de l'or corrupteur,
mais de l'époux amant qui les aura mé-
rités par sa tendresse. Oh ! comme je
rendrais graces au ciel, si vous me jugiez
digne un jour d'obtenir votre main !

Le comte était déjà retombé à genoux.
Déjà ses yeux enflammés se fixaient sur
ceux d'Ophelle avec avidité. Comte, in-

terrompit-elle, vous êtes gentilhomme
et Français : j'ai tenu ma parole ; tenez
la vôtre, et passez chez vous. Nous
n'avons plus rien à nous dire pour ce
moment.

Combattu, presque vaincu par ses
sens, mais rappelé à l'honneur, il n'osa
point franchir les bornes que la pudeur
mettait entre lui et une jeune personne
respectable à toutes sortes de titres. S'é-
loignant avec rapidité, et jetant sa clef
sur le lit : Enfermez-vous, ajouta-t-il,
mademoiselle ; j'éprouve qu'il y a un
terme même à la vertu. Je sens que je
ne suis plus maître de moi. Un instant encore, et peut-être me rendrais-je
coupable. Mes transports sont tels, que
je ne puis les réprimer. Pour en triom-
pher, je n'ai plus que la fuite. Il pro-
nonça ces derniers mots en tirant la
porte sur lui. Ophelle ne perdit point
de tems ; elle ferma la serrure à deux
tours,

tours, et se barricada , craignant encore quelques nouvelles tentatives du comte ; bien qu'elle eût cru lire son repentir dans ses yeux.

Rendue à elle-même, que mon Ophelle, madame, fit de réflexions ! une nuit seule lui valut plusieurs années d'expérience. L'aurore paraissait , que la petite n'avait pas encore fermé la paupière : elle était dans une agitation convulsive ; et quoique lasse , fatiguée, accablée , elle ne pouvait fermer l'œil. Les sens bouleversés , l'ame effrayée , le moindre bruit lui faisait peur. Elle craignait à chaque instant de voir rentrer le comte.

Ophelle était encore dans cet état de crise violente , lorsque , sur les huit heures du matin, sa belle - mère lui demande de lui ouvrir sa porte; ce qu'elle fait aussi-tôt. Ciel ! que devient la modeste Ophelle, en apercevant le comte , dont madame de Pelverde était accom-

C

pagnée! Saisie de terreur, elle tombe comme anéantie, la tête sur un de ses oreillers, qui servit à lui cacher le visage. Elle reste quelque tems sans connaissance. A force d'eau spiritueuse, on parvient à la faire revenir : elle aperçoit le comte occupé à lui prodiguer des secours. Soumis et confus, il hésitait à l'approcher : il reste encore plus déconcerté ; lorsqu'elle lui marque son mépris et son dédain ; il ne peut les supporter, et se retire.

Madame de Pelverde n'épargna pas les reproches à sa belle-fille. A l'en croire, les manières d'Ophelle, loin d'être engageantes, repoussaient tout le monde ; son caractère inégal et difficile éloignait même ses plus anciens amis ; Ophelle marquait, à l'entendre, une répugnance tout-à-fait désobligeante pour M. de Panor. Elle termina ainsi son sermon : Voyez, mademoiselle, jusqu'où vous portez l'ingratitude. A l'instant même

le comte part pour Fontainebleau : il
part , et c'est pour y solliciter les mi-
nistres en notre faveur. Adieu ; je vous
laisse réfléchir à ce trait de générosité ,
et je vous ordonne de changer de conduite à son égard ; car , mademoiselle ,
je vous punirai sévèrement de votre dé-
sobéissance , si vous ne remplissez point
mes vues. Soyez docile à ses conseils :
il ne vous en donnera que de sages.
Ayez pour lui toute la bienveillance que
nous lui devons, et sachez estimer à leur
valeur les prévenances , les préférences
que vous accorde M. d'Eloncour , un
des hommes les plus aimables que vous
rencontrerez dans tout le cours de votre
vie. Levez-vous ; il est tard , et redoublez
de toilette : vous en avez besoin. Ophelle
obéit , et la femme-de-chambre s'empara
de sa tête pour la coiffer.

Ophelle réfléchissait aux inconséquen-
ces multipliées de sa belle-mère, quand,

tout-à-coup, elle entend frapper doucement à sa porte. Ouvrez, dit Laure :
point de réponse, et l'on continue de
gratter. Impatientée, Ophelle envoie
Laure. Qui voit-elle entrer ? Le comte,
le comte lui-même. Ophelle resta dé-
concertée. Il eut tout le tems de parler ;
elle n'était pas tentée de lui répondre :
elle n'en avait ni la force, ni même la
volonté. Ma jeune amie se rappela seulement les dernières phrases du mono-
logue du comte : Mademoiselle, pour la
dernière fois, j'ose me présenter devant
vous : je vais vous débarrasser pour toujours de ma présence, puisqu'elle vous
importune. Je quitte ce séjour que j'a-
vais d'abord trouvé si beau ; je vous y
voyais sans cesse. Je le déteste, maintenant que vous m'abhorrez. On n'y re-
verra jamais l'infortuné comte d'Eloncour. Adieu, mademoiselle. En achevant
ces mots, il lui fiait une respectueuse ré-

vérence, pose un papier sur sa toilette, et sort. Ophelle aperçoit bientôt le billet qu'il avait laissé; elle l'ouvre machinalement, et trouve ces mots tracés d'une main tremblante :

MADEMOISELLE,

« Jamais amant n'aima avec plus de
» violence que moi, et pourtant vous
» voulez que pour la vie je m'éloigne de
» vous. Vous exigez ma mort, puisque
» vous ordonnez que j'arrache de mon
» cœur une image adorée, l'image d'un
» objet qu'il faut aimer toujours, quand
» on l'a aimé un moment. Croyez-vous
» donc qu'il soit si facile de retourner à
» l'indifférence, une fois qu'on l'a per-
» due ? N'avez-vous jamais eu d'attache-
» ment pour rien dans le monde? n'avez-
» vous rien regretté, rien pleuré? Vous
» avez, sans doute, connu l'amitié? La na-
» ture en vous douant de tant d'attraits,

3

» se serait-elle assez méprise, que de vous
» donner un cœur barbare ? Je sais que
» j'ai des torts avec vous ; mais, Ophelle,
» comment ne pas vous idolâtrer ? Eh !
» m'avez-vous laissé le tems de com-
» battre mon amour ! vous m'avez privé
» de la raison. Sachez - moi gré , du
» moins, d'avoir su réprimer mes desirs.
» Mon délire, porté à l'extrême, ne me
» laissait plus maître de moi ; un mi-
» racle seul vous a sauvée de mes trans-
» ports. Mais non : j'ai vu vos pleurs
» couler , et j'ai respecté l'innocence
» embellie par les larmes.

» Mademoiselle , j'ai tout confessé :
» ordonnez de mon sort. Mais prenez
» garde , en n'écoutant que votre ressen-
» timent, d'avoir à vous reprocher , un
» jour , un arrêt injuste. Tremblez ; il
» y va de ma vie. Déjà la pâleur de la
» mort couvre mon visage , et le froid
» se répand dans mes veines. Dois-je

» partir sans espoir ? Je n'exige point de
» vous, Ophelle, une réponse par écrit.
» Faites-moi dire seulement que vous
» me permettrez quelque jour de repa-
» raître à vos yeux. N'oubliez pas,
» Ophelle, que vous allez prononcer
» sur le destin d'un amant coupable,
» mais à plaindre et repentant. »

A peine Ophelle achevait la lettre du comte, qu'il entre ; elle rougit. Interdite, elle n'ose le regarder que dans sa glace. Qu'elle le trouve changé ! il est pâle, abattu, embarrassé. Ce n'est plus cet homme téméraire, entreprenant ; sa contenance est aussi modeste que naguères elle la lui avait vue audacieuse. Ophelle, lui dit le comte en balbutiant, me pardonnez-vous ? — Je tâcherai d'oublier tout ce que vous m'avez fait souffrir. — Quoi ! vous ne me haïssez pas ? Ophelle .... Ophelle ! ... mon ame ne peut suffire au bonheur que j'éprouve :

4

elle m'abandonne. A force de trop sentir, je ne sens plus rien. Hélas ! j'ai trop tôt passé de l'excès du malheur au comble de la félicité...—Dieu !... il se meurt !... Laure, secourons-le.

Le comte, tombé sans mouvement, mais bientôt revenu à lui, lui baise la main ; il sourit à son amante : quel sourire ! c'était celui de l'amour même. Il prend ensuite congé. Mon amie, qu'il n'avait que trop intéressée, aurait bien voulu le reconduire jusqu'à sa voiture, mais la prudence la retint. Plairait-elle ou non à sa belle-mère ? Comment deviner la volonté d'une personne qui ne sait elle-même ce qu'elle veut, ce qu'elle souhaite de nous ?

L'absence du comte apporta beaucoup d'ennui à la jeune personne ; Laure, tout ce tems-là, fut presque son unique consolation. Sans cesse brouillée avec sa belle-mère, relativement à M. de Panor,

Ophelle les désespérait tous deux. Elle
ne se plaisait avec madame de Pelverde,
que lorsqu'en tête-à-tête elles s'entre-
tenaient, sans s'en apercevoir, de leur
passion pour M. d'Eloncour. La belle-
mère se faisait illusion, et croyait n'en
parler que pour son compte ; l'esquisse
qu'elle en traçait était un véritable portrait, un portrait enchanteur pour sa
rivale. Peut-être que sans madame de
Pelverde, jamais le comte n'eût pris
autant d'empire sur le cœur ingénu d'O-
phelle. Elle y fit éclore le germe d'une
passion dont elle ignorait même l'existence. Les éloges les plus outrés lui semblaient encore faibles, quand elle s'ex-
primait sur les qualités du comte. Elle
le recréait, pour ainsi dire, afin d'en
faire un autre Grandisson. Jeune et igno-
rante, Ophelle aurait-elle pu toute seule
apprécier ses hautes connaissances ? Sa
belle-mère allumait en elle les feux dont

s'embrasait son ame. Bientôt Ophelle ne
fit plus que de vains efforts pour combattre ses sentimens : mon amie n'était
plus à elle ; le comte l'avait subjuguée.
Il hâta son retour au moins d'une semaine. Elle lui sut gré de son impatience, quoique peut-être faible en com-
paraison de la sienne. Il arriva dans un
moment où se trouvait réunie à Nonzevoi toute la noblesse de la petite ville
de Némul. Sur les six heures du soir on
propose une partie de pêche. On se rend
sur les bords de la rivière. Le comte
amorce, et jette la ligne d'Ophelle ;
puis il la lui remet, en l'assurant qu'il
ne doute pas du succès de ce coup. Effectivement, Ophelle sent presqu'aussi-tôt
qu'un poisson entraîne sa ligne. Ne
voyant plus le liége à la surface de
l'onde, elle veut tirer à elle ; sa faible
main éprouve une forte résistance : elle
amène pourtant une carpe d'une telle

grosseur, qu'elle manque d'être entraî-
née dans l'eau. Un parent de M. de
Panor vient à son secours : adroit et
preste, il la retient par sa ceinture.
Déjà Ophelle était en sûreté, quand le
comte, trop éloigné, parvient à elle.
Revenue de sa frayeur, mon amie té-
moigne très-vivement toute sa reconnaissance au jeune Ricardi. Le comte
change de couleur, jaloux, désespéré
qu'un autre que lui l'eût sauvée du péril,
et reçu les assurances de sa gratitude. Il
n'est pas long-tems sans lui témoigner
tout son déplaisir ; il profite de la liberté
que donne la promenade de marcher deux
à deux, pour se plaindre amèrement.
Ophelle lui répond des choses honnêtes,
flatteuses même : aussi reprend-il promptement sa bonne humeur et toutes ses
espérances.

De retour au château, on propose des
parties. Madame de Pelverde fait un

6

wisk, M. de Panor un breland, et la
jeunesse un loto. Le comte préfère la
petite partie : si ennuyeux que soit un
jeu, il ne déplaît jamais avec ce que l'on
aime. Celui-ci fut très-gai : Ophelle était
entre le comte et M. de Ricardi, nouvelle conquête qu'elle ambitionnait peu
de se conserver. Le loto s'animait : vraiment on aurait pu croire que l'on jouait
à quelque jeu intéressant. Mon amie faisait des coups miraculeux ; la fortune se
plaît à favoriser la jeunesse. Le comte
mettait une vivacité charmante à demander les paiemens, et son rival un empressement soutenu à les faire. Vers le milieu
du second loto, il échappe à Ophelle une
plaisanterie innocente : elle paraît si jolie
à M. d'Eloncour, qu'il baise la main de
mon amie sans se contraindre. M. de
Ricardi, moins sûr d'être aimé, par
conséquent plus timide, se contient ; il
eût été fort aisé d'apercevoir qu'il eût

volontiers suivi l'exemple que lui donnait
le comte. A peu d'instans de là, étour-
diment en apparence, mais peut-être à
dessein, il laisse tomber une partie des
jetons. Il se baisse promptement comme
pour les ramasser. Le comte se met tellement à éclater, que M. de Ricardi se relève de dessous la table, tout rouge et tout
déconcerté. Ophelle demande tout haut
au comte le sujet de son extrême gaieté.
C'est, lui répond-il, de voir un si beau
jeune homme adresser si mal ses caresses.
— Je ne vous comprends pas. — Mon
pied ressemble pourtant peu au vôtre, si
joli, si mignon ; mais il n'en a pas moins
eu une bonne fortune. Monsieur, à l'instant même, le serrait tout-à-fait amou-
reusement. Mon cher ami, quelqu'envie
que j'aie de vous plaire, ne vous attendez
pas que je vous rende jamais la pareille.
Vieux routier, je ne puis plus tomber
dans une si forte erreur. Pour votre âge,

tout est amour et grâces : à votre âge, les
méprises s'excusent ou se pardonnent.

Ricardi, entièrement décontenancé,
n'osait plus lever les yeux. Ophelle le
plaignit, et trouva que le comte et toute
la société poussaient trop loin la plaisanterie. Aussi le lendemain, quoiqu'il
eût promis de passer huit jours à Nonzevoi, pour échapper aux sarcasmes des
hommes et des femmes, il repartit sans
dire mot à personne, sans même dire
adieu au maître du logis.

Tout le monde, à Nonzevoi, variait
les plaisirs le plus qu'il était possible. On
jouait à toutes sortes de petits jeux : les
charades, même les logogriphes, les
bouts rimés obtenaient des momens. Un
jour l'on donna sept rimes à remplir ;
le nom d'Ophelle en était une. Le comte
satisfit à sa tâche comme toutes les personnes de la société, et ce badinage fut
pour lui une occasion d'entretenir de ses

sentimens celle qu'il aimait. Ophelle
avait composé un air qu'on trouvait très-
joli : il mit sur cet air des paroles qu'il
lui donna en particulier.

Quel plaisir pour la reconnaissante
Ophelle, quand elle put lire en liberté
l'expression de l'amour délicat de son
amant ! Elle chantait sans cesse ces cou-
plets ; c'étaient les seuls qui lui reve-
naient à la mémoire. Se trouvait-elle
avec Laure, elle se plaisait à les lui faire
entendre. Craignait-elle que Laure n'en
eût pas senti tout le charme ? Je vais,
ajoutait-elle, les recommencer ; écoute :

PREMIER COUPLET.

Mon destin est de vous aimer
D'une amour pure, éternelle ;
Votre rigueur ne saurait m'alarmer ;
Sans intérêt, je vous chéris, Ophelle ;
Croyez à l'ardeur de mes feux :
Quand sans espoir on est fidèle,
C'est prouver qu'on est amoureux.

Second Couplet.

Vous unissez mille talens
Aux grâces, à la jeunesse ;
Vous enchaînez les ris, les jeux, le tems.
Par vos regards, le dieu de la tendresse,
Dans tous les cœurs porte ses feux ;
Mais dans le vôtre est la sagesse,
Et l'amour n'est que dans vos yeux.

Ma jeune amie ne peut résister au desir de répondre sur les mêmes rimes à l'aimable d'Eloncour. Voici son couplet : (*)

D'Eloncour promet de m'aimer
D'une amour pure, éternelle :
Si doux serment ne peut que me charmer.
Toujours pour lui, toujours, toujours Ophelle
Conservera les mêmes feux :
Mon cœur sera tendre et fidelle,
Sans espoir même d'être heureux.

On peut aisément se peindre la joie de d'Eloncour, en lisant ce couplet heu-

_____

(*) Ce dernier couplet et la musique sont de l'auteur de ce roman.

reusement parodié. Obligé de renfermer
toute sa félicité dans son cœur, il n'en
était que plus amoureux, plus épris de
l'aimable Ophelle.

Peu pressées de quitter le séjour de
Nonzevoi, la saison continuant à être
belle, les dames employèrent huit jours
à leurs préparatifs de départ. La veille
fut pour Ophelle un jour cruel à passer.
Elle eut trois conversations orageuses à
soutenir ; la première, le matin, avec
sa belle-mère. Cette femme emportée lui
marqua tout son mécontentement sur le
peu de reconnaissance qu'elle témoignait
aux bontés de M. de Panor. — Quelle
reconnaissance, maman, lui dois-je donc,
pour m'avoir si souvent ennuyée, excédée de ses tristes déclarations ? Elle achevait à peine ces derniers mots, que sa
belle-mère, furieuse de sa réflexion, lui
applique un soufflet, en l'apostrophant
en ces termes : — Vous lui devez tout,

mademoiselle, même ce médaillon entouré de brillans, dans lequel est mon
portrait. — Je croyais, lui répondit
Ophelle en pleurant, tenir de vous tous
les cadeaux que j'ai reçus depuis que je
suis ici. — Vainement affectez-vous cette
fausse ignorance ; cherchez ailleurs votre
dupe ; je vous ai devinée. Vous préfére-
riez tenir ces présens de M. d'Eloncour ;
vous en êtes amoureuse-folle, mais fort inutilement, je vous le jure. Son cœur attaché
loin de vous, le comte ne prend non plus
garde à vos avances, que si jamais il ne
vous eût rencontrée sur ses pas. Il plaisante à la journée de votre crédulité. Je
vous conseille de renoncer à l'espérance
de vous en faire aimer : rien de plus impossible. Une prétention semblable vous
couvrirait d'un ridicule à ne jamais s'ef-
facer. Le comte, homme de qualité, ne
se mésalliera point en épousant une fille
noble, il est vrai, mais qui n'a rien,

rien du tout pour faire excuser un pareil choix.

En sortant de chez sa belle-mère, Ophelle alla retrouver sa chère Laure pour pleurer dans son sein. — Ah, Laure! ma chère amie, le comte ne m'aime plus! il se moque de moi; il aime ailleurs; il me trahit, ou madame de Pelverde est la plus fausse des femmes et la plus jalouse des mères! Alors elle raconta mot pour mot ce que sa maman lui avait dit. — Eh bien! soyez persuadée, lui répliqua Laure, que madame, comme je n'en doute pas, est votre rivale. En piquant votre amour-propre, elle espère que vous renoncerez au comte. Si vous m'en croyez, tenez bon, et le comte deviendra votre époux : je vous réponds de sa tendresse. Je sais de son valet-de-chambre, qu'au moment où je vous parle, il achève votre portrait. Vous savez comme il peint! Faut-il vous le dire? je l'ai vu ce

chef-d'œuvre de ressemblance, non moins
aimable que frappante. — Tu l'as vu ?
— Oui, mademoiselle ; et si je pouvais
être sûre que vous fussiez discrète !... —Je
le serai. Laure sortit un moment, et revint ayant la clef de l'appartement du
comte ; clef que lui avait confiée Dubois,
avec lequel Laure n'était pas mal. Quel
fut l'enchantement de ma sensible amie,
lorsqu'elle vit son portrait sur le cheva-
let ! Ophelle se reconnut tout de suite,
quoique très-flattée. Ah, Laure ! s'écria-
t-elle , je te crois à présent ! Oui , le
comte m'aime. S'il m'a peinte comme il
me voit, il m'adore ; son amour seul m'a
prêté ces grâces que je n'ai point. En
fixant sa figure, Ophelle laissa échapper
un soupir, dont Laure lui demanda la
cause. — Laure, il m'a peinte au moment le plus dangereux de ma vie ! Tu
te souviens de cette nuit qu'il a passée
la semaine dernière dans ma chambre

à solliciter ma tendresse ? eh bien ! je
suis représentée au lever de l'aurore, et
dans le désordre où m'avait jetée sa présence inattendue. Vois comme mes joues
sont colorées du rouge de la pudeur ;
vois ma chevelure éparse, mon sein pal-
pitant de crainte, mes yeux mouillés de
larmes, et mes mains suppliantes lui
demander grace ! J'étais ainsi sûrement.
Ah ! comme il faut que mon image soit
restée gravée dans son cœur ! Ophelle en
était là de sa confidence, que M. d'Eloncour se fait entendre : il montait l'escalier. Ophelle et Laure ne perdent point
de tems ; elles se sauvent, mais en prenant la précaution de retirer la clef : le
comte ne s'aperçut de rien.

Dans l'après-midi, tout le monde se
disposait pour la promenade. Madame
de Pelverde, avec l'air le plus signifi-
catif, ordonna à sa fille de rester, ajou-
tant qu'elle voulait que sa levée de tapis-

serie fût entièrement achevée. Restez ,
mademoiselle , à travailler , et ce soir
on chargera mon métier sur la voiture.
Cet ordre surprit d'autant plus Ophelle ,
que sa belle-mère ne tenait pas beaucoup
à ce qu'elle s'occupât de pareils ouvrages ,
et que M. de Panor allait au parc aussi
avec toute la société : ce n'était donc pas
pour rester avec lui. L'inquiète Ophelle
réfléchissait sur ce que le comte n'avait
pas, comme à son ordinaire, demandé
pourquoi on la laissait seule. Au dîner,
contre sa coutume, il s'était mis auprès
de madame de Pelverde, et n'avait dis-
continué de s'entretenir avec elle. Ma
jeune amie ne savait qu'imaginer. Un
torrent de larmes coulait de ses yeux;
M. de Panor entre. Qu'avez-vous, petite,
lui dit-il? Vous pleurez? Quel enfantil-
lage! Je viens vous chercher : allons rejoindre la maman. Par ce discours,
Ophelle vit clairement que sa belle-mère

avait eu l'intention de ménager à M. de
Panor un tête-à-tête. Ses larmes redou-
blèrent. Ecoutez, ma belle enfant, con-
tinue-t-il; vous savez combien je vous
aime! si vous voulez m'aimer à votre
tour, je vous proteste que tous vos desirs
seront remplis. — Etre traitée avec plus
de douceur par madame de Pelverde, en
être aimée, voilà ce que je souhaite, et
ce que je souhaite uniquement. — Mais
votre maman vous chérirait, si elle vous
voyait plus tendre pour son ami. Votre
indocilité à cet égard la désespère. Se-
riez-vous prévenue contre moi en faveur d'un autre?.... Soyez reconnaissante.... un peu, et je vous réponds
que vous n'aurez rien à desirer. — Mais,
monsieur, comment puis-je vous aimer?
On me gronde sans cesse à cause de vous;
on n'attire point les cœurs par la contrainte. Comment m'attacher à quelqu'un
qui me tourmente continuellement? —

Moi, vous tourmenter ! — Vous, sans doute. Pensez-vous qu'il suffise de dire à quelqu'un : Je veux que vous ayez de l'amitié pour moi, et qu'alors l'amitié naisse tout de suite ? Oh ! non, monsieur ; ce sentiment ne se commande pas. — Que trouvez-vous donc en moi qui vous déplaise tant ? — S'il m'était permis de vous parler avec franchise.... — Parlez. — Vous vous fâcherez ? — Non. — Vous me paraissez si vieux, que je ne puis avoir pour vous que du respect ! — Si vieux ! soixante ans, voilà mon âge. — Mon papa en compte soixante-cinq ; il me paraît plus jeune. Mais, monsieur, ce ne sont pas les années que j'allègue seulement contre vous ; n'avez-vous pas des choses graves à vous reprocher ? Interrogez-vous. De quel droit insultez-vous à ma jeunesse ? Si vous aviez une fille, souffririez-vous qu'on lui tînt les propos que vous m'adressez tous les jours ? qu'on
lui

lui fît les propositions que vous vous permettez de me faire ? A ce discours, plein de sagesse, Panor comprit bien que ses offres ne séduiraient point Ophelle ; et changeant tout-à-coup d'idées, il reprit : O vertu ! que de puissance tu conserves sur nos ames ! Mademoiselle, vous me charmez : oubliez, Ophelle, que mes vœux vous ont été adressés dans des vues criminelles ; de cet instant ils deviennent légitimes. Je tombe à vos pieds, et pour obtenir grace, et pour vous demander votre main. Ne me voyez plus que comme votre époux, et non comme un vil suborneur.

La compagnie, qui rentrait, tira Ophelle de l'embarras de faire une réponse à M. de Panor, lequel, faible et chancelant, tomba le nez contre terre en voulant, avec un peu de précipitation, se relever, pour que M. d'Eloncour ne le trouvât pas à genoux : mais il fut

D

aperçu dans cette situation, si ridicule à
son âge; cependant, madame de Pelverde
en conçut de grandes espérances. Le comte
devint rêveur, taciturne, ne soupa point.
Il attendait l'heure qu'on se retirât; il
voulait avoir une explication avec ma
jeune amie; il l'obtint. Laure assista à
la conversation, et le résultat fut que,
quelqu'avantage que le financier propo-
serait, Ophelle n'accepterait rien. Elle
promit tout avec serment : le comte était
un dieu pour son amante.

A son tour, profitant de cet entretien,
elle voulut aussi savoir de d'Eloncour
pourquoi, dans cette dernière journée
passée à la campagne, il l'avait abandonnée à sa mauvaise fortune ? — Par
prudence, chère Ophelle; afin d'obtenir
plus aisément de votre mère la permission de la voir tous les jours à son retour à
-la ville.

Après avoir fait part à la plus aimable

des filles de son plan de conduite pour
Paris, de celui qu'elle avait à tenir de
son côté, lui avoir juré mille fois qu'il
n'aimerait et n'adorerait qu'elle, qu'O-
phelle serait son épouse, le comte se
retira.

Quoique la nuit fût déjà assez avancée, et que l'on dût partir de très-grand
matin, mon amie s'occupa long-tems à
repasser en elle-même la conversation
qu'elle venait d'avoir avec son cher comte.
Elle ne doutait plus, et voyait clairement
que la volonté irrévocable de d'Eloncour
était d'en faire sa femme : cette douce
idée l'enivrait d'une joie indicible. Bercée
par ce songe agréable, elle sentit le sommeil s'appesantir sur ses paupières et les
clorre.

Dès six heures, madame de Pelverde
elle-même vint l'éveiller pour partir. De
sa vie Ophelle ne l'avait vue de si belle
humeur : elle l'appelait son amie, sa

chère et tendre amie. Combien répéta-
t-elle qu'Ophelle était née pour faire
une grande fortune ! — Une fois l'épouse
du seigneur suzerain d'un million d'é-
cus, cent demoiselles de qualité creve-
ront de dépit, jalouses de ton sort. Chez
lui, tu le vois, tout est d'une richesse,
d'un goût exquis : les chefs-d'œuvres des
arts s'y rassemblent. Il me paraît que tu
jouis déjà de tous ses trésors. Madame
de Pelverde ne s'interrompait que pour
lui prodiguer ses caresses.

A son tour, Ophelle voulut parler et
sonder ses dispositions pour le comte ;
mais elle la vit si contraire à leurs vues,
qu'elle n'osa s'expliquer sur les projets de
M. d'Eloncour : mon amie crut devoir
se taire, sans néanmoins se tenir pour
battue.

Quand elle fut habillée, et que tout
fut disposé pour le voyage, sa maman,
le comte, M. de Panor et elle, mon-

tèrent en voiture. La route fut des plus
gaies. Ils étaient tous contens : madame
de Pelverde, par le prétendu mariage de
sa belle-fille, satisfaisait son ambition,
et se voyait débarrassée d'une rivale ;
M. de Panor, au comble du bonheur,
en espérance, déjà épousait la petite,
assuré de son consentement ; au dire de
la belle-mère, le comte était certain de
régner uniquement sur le cœur de son
Ophelle, qui jouissait elle-même de
toutes les jouissances de son amant.

Tandis qu'ils cheminaient ainsi tous
quatre, ils ne prévoyaient guères l'événement qui les attendait à Paris, et qui
devait troubler la joie qui les avait accom-
pagnés pendant tout leur voyage.

En arrivant chez elles, les dames trouvèrent leur maison dans un calme qui
les étonna : personne ne venait à leur
rencontre ; on les évitait. Dans l'anti-
chambre une vieille gouvernante fondait

3

en larmes. On la questionne en vain ;
elle ne peut répondre, étouffée par ses
sanglots. En entrant dans le salon, madame de Reuille, une des plus intimes
amies de madame de Pelverde, vient au-
devant de ces dames : elle les serre toutes
deux dans ses bras, et reste quelque tems
encore sans leur parler. Elles ne savent
qu'imaginer d'un pareil silence : il fallut
enfin leur apprendre que M. de Saint-
Ophelle était mort d'une attaque d'apo-
plexie. Sachant leur retour, on avait
été chercher madame de Reuille pour
annoncer cette affreuse nouvelle. Ma
tendre amie aimait beaucoup l'auteur de
ses jours, et sa perte lui était d'autant
plus sensible, qu'elle se voyait pour toujours au pouvoir absolu de madame de
Pelverde. Hélas ! l'espérance du bonheur
s'évanouissait pour elle avec la vie de
son père.

Ophelle demeura plongée dans la plus

vive douleur : rien n'était capable de la soulager ; elle tomba malade. Madame de Pelverde ne reçut d'abord d'autres visites que celles de MM. de Panor et d'Eloncour. Le premier, contre l'attente de ma jeune amie, eut au moins la discrétion de ne lui parler ni d'amour, ni de mariage pendant quelque tems : il parut respecter ses chagrins.

Les trois premiers mois de grand deuil finis, il prit à la belle-mère d'Ophelle l'idée la plus folle qui se puisse imaginer. Un soir, elle quitte brusquement sa belle-fille, la laissant en tête-à-tête avec d'Eloncour. Elle emmène Panor dans son cabinet. Il est aisé d'imaginer qu'à la faveur d'une pareille absence, nos amans eurent le tems de s'entretenir de leur passion. Après avoir eu une conversation particulière et assez longue avec Panor, madame de Pelverde revint au salon, la gaieté peinte sur la physiono-

4

mie. Mon amie se douta bien qu'il s'é-
tait passé quelque chose de fort opposé à
ses vues, et très-intéressant pour madame
de Pelverde. Effectivement, si-tôt qu'elles
furent seules (il faut entendre, elle, le
comte et Ophelle), sa belle-mère lui fit
part de son sublime projet.

M. d'Eloncour, dit-elle en s'adressant
au comte, faites compliment à ma fille :
d'aujourd'hui en quinze elle sera l'épouse
de M. de Panor. — Moi! dans quinze
jours! ah, maman! cela n'est pas possible. — Pardonnez-moi, mon cœur :
nous venons de prendre tous les arrange-
mens nécessaires pour que cela soit; et
si M. le comte le voulait, il pourrait se
faire le même jour un double mariage.
— Je ne vous comprends pas, madame.
— Je suis veuve, par conséquent, maîtresse de mon sort, de ma main. — Eh
bien! madame, qu'a de commun ma
volonté avec votre destinée? — Vous êtes

garçon .... Ne m'entendez - vous pas ?
— Je vous comprends très - bien maintenant. Si je pouvais me diviser, le ciel
m'est témoin que le jour dont vous me
parlez me verrait contracter deux en-
gagemens inviolables : je serais votre
époux et celui de votre aimable fille.
Mais pardonnez ; je n'ai qu'un cœur,
qu'une ame, qu'un desir, qu'un amour :
permettez que j'offre tout cela à mon
Ophelle. — Comte, vous n'êtes point
raisonnable. J'ai promis Ophelle à M. de
Panor ; il n'est pas tems de retirer ma
parole : je me suis trop avancée avec lui.
Si vous vous fussiez expliqué plutôt, je
vous eusse, sans doute, préféré. N'y
songez plus.... Comte, réfléchissez-y....
Je vous conviens mieux à tous égards
que ma fille. Pour vous en convaincre,
je vous demande pour demain, dans la
matinée, un entretien particulier. Venez
demain, comte, répéta-t-elle : je gage

5

que tous les deux nous serons d'accord.

En preux chevalier, incapable de déplaire aux dames, le comte accepta le rendez-vous, quoique très-désagréable ; ce qui laissa tout espoir à madame de Pelverde. Comme on peut le croire, la pauvre Ophelle passa la nuit la plus agitée. Elle n'envisagea dans le lointain qu'un avenir funeste : le présent même lui devenait à charge.

O vous, jeunes personnes, vous qui, comme mon Ophelle, avez eu un cœur sensible, et qui l'avez donné sans l'aveu de vos parens, vous qui avez eu son âge ; vous qui avez eu ses torts, pardonnez ceux que la crainte et le malheur d'un mariage mal assorti lui fera avoir par la suite. Hélas ! si tous les pères et mères consultaient le goût d'une jeune personne dans le choix d'un mari, il existerait bien plus de bons ménages. La femme serait attachée à l'homme dont elle prendrait le nom ; elle serait attachée à ses devoirs, à sa maison , à ses enfans , et jamais elle ne cesserait de se respecter , et de respecter les lois de la société : jamais une femme n'ôterait à sa compagne, quelquefois même à son amie la plus tendre , l'époux qu'elle aime et dont elle est chérie. Que d'aventures semblables se passent tous les jours sous nos yeux ! Ce tableau est frappant. Combien de personnes de mon sexe pourraient se reconnaître sous les traits de la femme conquérante !

Le matin , lorsque Laure entra dans l'appartement d'Ophelle, elle lui remit un billet du comte , qu'elle s'empressa de décacheter ; il était conçu en ces termes :

« Je serai exact, mon Ophelle , au
» rendez-vous que m'a donné hier ma-
» dame de Pelverde. Je compte user des
» momens que je passerai avec elle pour

6

» la gagner et la déterminer à favoriser
» nos vœux; j'emploierai pour la séduire
» et l'amener à seconder nos vues, tout,
» jusqu'à la feinte même , s'il est néces-
» saire. Quiconque nous trahit , invite
» à le tromper. Je la punirai de sa faus-
» seté. Elle m'amusait! elle apprendra
» à qui elle osait se jouer. Dans un cœur
» corrompu l'amour n'est que faiblesse ,
» et enfante même les vices : dans votre
» cœur, Ophelle, il devient vertu ; il
» la fortifie, il l'embellit ; mais je sens
» que ma tête s'échauffe en m'occupant
» de votre belle-mère , et j'ai besoin de
» conserver toute ma raison, mon sang-
» froid, pour l'entretien que je vais avoir
» avec elle.

» Adieu , Ophelle ; adieu, l'amante la
» plus chérie : je pars , je vole solliciter
» un titre sacré, un titre aimable et
» doux. Si je l'obtiens , croyez qu'il ne
» me fera jamais oublier celui de votre

» amant, le premier de tous pour mon
» cœur. »

Ophelle relisait encore le billet du
comte, lorsqu'on l'annonça. Durant sa
conversation avec madame de Pelverde,
conversation qui ne finissait pas, Ophelle
était sur les épines ; car elle prévoyait la
difficulté que le comte aurait à amener
madame de Pelverde à penser comme
eux. Enfin, vers les deux heures, elle entend descendre le comte ; elle ouvre sa
porte pour savoir son arrêt. Eh bien,
comte ? lui dit Ophelle tout en tremblant. — Hélas ! plus d'espérance ! on
me suit ; vîte, sauvez-vous : elle rentre,
mais anéantie par ce peu de mots, beaucoup trop expressifs.

On vint l'avertir qu'on avait servi.
Madame de Pelverde, déjà à table, les
yeux gros et rouges, comme quelqu'un
qui a pleuré long-tems, paraissait agitée
d'une colère concentrée : ses joues étaient

d'un pourpre violet. Ophelle augura que
la scène avait été des plus vives. Sa
belle-mère ne mangeait pas. Pendant
tout le dîner, elle ne dit pas une seule
parole ; ma timide amie gardait aussi le
silence : madame de Pelverde semblait
méditer quelque sérieux projet, et de
tems à autre, elle lançait à sa belle-fille
des regards foudroyans qui la décon-
certaient. Quand elles furent hors de
table, madame de Pelverde fit défendre
sa porte pour tout le monde, et se ren-
ferma dans son boudoir : Ophelle ne la
vit plus de la journée.

Une semaine entière se passa ainsi.
La belle-mère et la belle-fille ne se ren-
contraient qu'aux heures des repas ; le
comte ne venait plus à la maison : enfin,
le septième jour, madame de Pelverde
sortit de bon matin, et ne rentra que le
soir dans la voiture de M. de Panor,
rapportant quantité d'emplettes. Elle ap-

pela ma malheureuse amie pour étaler
à ses yeux tout ce qui concernait, lui dit-
elle , son trousseau de noce. Ophelle ne
sut que répondre. Elle voyait bien que
réellement les choses étaient fort avan-
cées, et qu'il lui serait difficile de reculer. Après s'être retirée pour se coucher ,
Ophelle informa le comte de toutes ces
particularités. Depuis qu'il ne venait
plus, ils avaient établi entr'eux une cor-
respondance épistolaire. Mais que le
plaisir de s'écrire est faible en compa-
raison de celui de se voir! Le lendemain,
de grand matin , sa belle-mère la prit
au lit. Toute sa conversation ne roula
que sur le comte : elle lui en débita des
horreurs : la passion de madame de Pelverde s'était tournée en rage. Au lieu de
lui vanter , comme autrefois, M. d'Eloncour , elle inventait mille calomnies sur
son compte. Que la calomnie en pareil
cas est mal-adroite ! Plus la belle-mère

maltraitait le comte, plus la belle-fille le trouvait aimable : peut-être même mon industrieuse amie lui prêtait-elle des qualités qu'il n'avait pas. Un fond noir ou brun dans un tableau fait ressortir davantage les traits de la figure : elle voyait son cher comte dans son jour le plus favorable et le plus brillant.

Alarmé, sans doute, par le dernier message d'Ophelle, il se présenta dans l'après-midi chez madame de Pelverde. Il sut si bien la flatter et lui rendre l'espérance, qu'il rentra en grace. Elle l'invita à souper pour le lendemain. L'ennuyeux Panor resta aussi toute la soirée.

Le jour suivant, jour de fête (la belle-mère de mon amie donnait à ses gens un dimanche par mois pour sortir), elles restèrent seules : madame de Pelverde étudiait un morceau sur sa harpe, et mon Ophelle lisait, assise près de la fenêtre ; elle aperçut le comte : il était à pied. Ne soupçonnant nullement ce qui allait arriver, elle dit à sa maman : Voici M. d'Eloncour. — Bon ! répond-elle ; j'en suis bien aise. J'ai à lui parler ; vous nous laisserez seuls.

Cependant le comte aurait eu cent fois le tems de monter ; il ne paraissait pas. Eh bien ! lui dit madame de Pelverde en la fixant, le comte n'entre point : qu'est-ce que cela veut dire ? Soit la manière dont elle la regarda, ou l'idée qui vint éclairer Ophelle sur l'apparition de M. d'Eloncour, il est certain qu'elle se troubla au point de donner des soupçons à sa belle-mère. Ma fille, ajouta celle-ci, il y a quelque chose là-dessous. Où est la clef de votre appartement ? Je la veux ; donnez-la-moi. Un triste pressentiment saisit Ophelle. — Est-ce que vous ne m'entendez pas ? reprit sa belle-mère. Votre clef ? — La voici. Sa mère, étonnée, sans doute, qu'elle la lui remît,

Pourquoi donc toujours, lui dit-elle, avoir l'air coupable ? reprenez votre clef. Puis, comme par réflexion : Non, non ; je vais examiner si tout est bien en ordre chez vous. Elle passe effectivement dans la chambre de mon amie. Pendant son examen, Ophelle se mourait de frayeur. Sans mouvement pour mieux écouter, elle respirait à peine ; elle était prête à perdre connaissance.

Lorsque madame de Pelverde eut fait trois ou quatre fois le tour de la chambre de sa belle-fille, elle revint, lui rendit sa clef. — Faut-il, mademoiselle, quand on n'a rien à se reprocher, avoir l'air toujours fautif ? — Voilà pourtant, maman, comme vous me soupçonnez sans cesse, et toujours à tort ! — Allons, n'y pensons plus ; embrasse-moi. Cependant je suis d'une curiosité extrême de savoir qui peut être entré, et qui dans le monde a une ressemblance si parfaite avec le

comte aux yeux d'Ophelle. Ophelle voit
son ami par-tout, même où il n'est pas.
Descendez, et sachez du portier s'il est
venu quelqu'un. Bien inquiète encore,
elle obéit ; et comme sa belle-mère, qui
s'était approchée sur l'escalier, pouvait
l'entendre, à demi-bas elle interroge
Fribourg. Quel est son étonnement ! Il
lui répond qu'il n'a vu personne. Comment ! réplique Ophelle bien haut alors,
comment ! M. le comte d'Eloncour n'a
point paru tout-à-l'heure ? — Non, mademoiselle. Elle remonte bien contente
et bien soulagée. Sa belle-mère avait tout
entendu par elle-même. Comme dès ce
moment tous ses soupçons s'évanouirent,
Ophelle reprit sa tranquillité.

Sur les huit heures du soir, Laure
rentra, et ramena au salon l'épagneul
de madame de Pelverde. Ce petit animal
très-joli, mais d'une grande délicatesse,
manqua de perdre la pauvre Ophelle : il

couchait sur un matelas à côté de son
lit. Mon amie alla, comme à son ordinaire, avec madame de Pelverde, faire
son office de femme-de-chambre. Sa belle-
mère se met à ranger des chaises autour
du fauteuil de sa Bébée. En promenant
par hasard sa main sur un de ses rideaux,
un corps dur que sent Ophelle, lui fait
jeter un cri aigu. — Qu'avez-vous donc,
ma fille? Elle eut recours à un mensonge
pour se tirer d'embarras. — Maman,
Bébée m'a voulu mordre, je ne m'y atten-
dais pas ; j'ai crié de surprise, car j'ai eu
plus de peur que de mal. — Comment !
Bébée serait méchante ! tant mieux.
Baise-moi, jolie et spirituelle Bébée :
je suis folle de toi. D'Eloncour m'a fait
un charmant présent, en me donnant
ce petit animal.

On annonça M. de Panor ; ce qui força
madame de Pelverde de retourner au
salon. Pour la première fois, l'arrivée de

cet homme causa de la joie à la tremblante Ophelle ; il la sauva d'un grand
malheur. Madame de Pelverde sortit la
dernière, ferma la porte à double tour,
et mit la clef dans sa poche, sans doute
par distraction, puisque ses doutes étaient
levés : elle laissa le loup dans la bergerie ;
car c'était contre le coude du comte que
mon amie avait heurté sa main : elle s'en
était assurée.

Dès l'instant de sa triste découverte,
Ophelle devint sombre, rêveuse : on l'interrogeait, elle ne répondait pas ; elle
n'écoutait point ; Ophelle était d'une distraction propre à la trahir. Sa belle-mère
rejette sa maussaderie sur l'absence du
comte. Cette idée réveille sa jalousie ; ce
qui inquiétait peu Ophelle pour le moment. Comme elle attendait avec impatience qu'on se retirât ! Comme Ophelle
était mal à son aise ! la compagnie l'ennuyait à périr. Elle réfléchissait sur la

position critique du comte. Quand elle pensait que depuis cinq heures, il était dans l'inquiétude et la crainte, elle le plaignait de toute son ame.

Minuit sonne ; on sort enfin. Autre disgrace : un malheur n'arrive jamais seul. Sa belle - mère, à cause d'un commencement de migraine, veut se coucher la première. Il se passe donc encore une heure avant qu'Ophelle puisse désemprisonner le comte. Comme elle vole à lui, avec quel empressement, lorsqu'elle fut libre ! Hélas ! tout en le grondant du péril où il l'expose, elle lui fait mille questions que lui inspire sa tendresse. Grand Dieu ! que devint ma trop craintive amie, quand elle apprit que sa belle-mère, l'après-midi, lorsqu'elle était venue chercher le comte dans sa chambre, avait passé la main sur lui ! — Que dites-vous ? Je frissonne ! — Et moi, reprit le comte, mes cheveux se sont dressés sur

ma tête : je ne serais point étonné d'être
malade d'une pareille révolution. Mon
sang se glace encore, d'y penser seulement. Je ne craignais pourtant, ma chère
Ophelle, je ne craignais que pour toi,
pour ton honneur et ton repos. Que j'aurais volontiers donné ma vie pour n'être
pas découvert ! Comme je me faisais
petit ! je desirais m'anéantir. Comme
j'invoquais l'amour de m'être propice !
ah ! comme je le priais de nous protéger !
Certes, c'est sans doute lui qui, à la faveur de son bandeau, m'a rendu invisible
aux yeux de ta belle-mère. Il faut qu'elle
ait été aveuglée. — Mais comment vous
trouvez-vous ici ? A quel dessein ? — L'occasion m'a déterminé. Votre porte entr'ouverte m'a fait naître l'idée de me
glisser chez vous, belle Ophelle, sans
autre dessein que de vous y attendre. Je
sais que vous venez tous les après-midi
dans votre chambre pour vous occuper

ou de poésie ou de musique ; j'espérais me procurer un entretien avec vous : j'ai tant de choses intéressantes à vous communiquer ! Le moment me parut favorable. —Ce moment là, cher comte, m'a mise au supplice. — Pardonnez à votre amant ce qu'il ne se pardonnera pas : il a commis un crime affreux ! — Tout est réparé ; je vous vois ; je n'ai plus que du plaisir, et cependant il faut penser à nous séparer. Laure, conduis le comte, et prends garde qu'on ne l'aperçoive. — Le moyen, mademoiselle, qu'il soit aperçu sans sortir ! car la porte de la rue est fermée, et, comme vous ne l'ignorez pas, le propriétaire a les clefs sous son chevet. Malheureuse Ophelle ! s'écria-t-elle douloureusement, ah ! pour toi plus d'espoir ! Comte, êtes-vous content ? Voilà votre ouvrage ! — Ophelle, ne m'accablez pas ; je suis au désespoir ! Pour comble d'infortune, M. d'Eloncour,

extrêmement

extrêmement enrhumé, ne pouvait s'empêcher de tousser. Chaque instant redoublait ses craintes, ses appréhensions.
Après plusieurs réflexions rapides (le
tems pressait), Ophelle imagine un expé-
dient propre à les tirer tous d'embarras.
Ma chère amie, dit-elle en s'adressant
à Laure, toi seule peux nous rendre la
vie ; nous te devrons tout : emmène le
comte dans ta chambre. — Comment
l'entendez-vous, mademoiselle? interrompit Laure. Me déshonorer ! moi,
passer pour avoir une intrigue avec monsieur le comte ! Que dirait Noisi ? Noisi
m'aime tant ! il est si jaloux ! il ne vou-
drait plus m'épouser. — Il n'en saura
rien. — Comment l'ignorerait-il ? je lui
ai donné rendez-vous pour aujourd'hui à
cinq heures du matin. En prononçant ces
derniers mots, elle rougit, et baissa les
yeux. — Laure, tu me refuses ? — Hors
cela, ma chère maîtresse, ordonnez ;

E.

mais consentir, m'exposer ...... c'est
exiger l'impossible. Alarmé de la position
cruelle de son amante, le comte tombe
aux pieds de Laure; il lui offre sa bourse.
— Non, reprit Laure avec grandeur
d'ame : non ; ce n'est point par l'or qu'on
peut me dédommager de la perte du
cœur de mon cher Noisi. La fortune ne
m'éblouit pas ; elle ne saurait m'atten-
drir ; mais je ne résiste point aux larmes
de l'aimable Ophelle. En arrive ce qui
voudra, je n'ai pas un cœur de fer. Je
sens que son bonheur m'est aussi cher
que le mien propre. Venez, monsieur le
comte ; je vais éteindre la lumière : vous
me donnerez votre main, et je vous con-
duirai. Pour vous, mademoiselle, cou-
chez-vous comme vous le pourrez ; mais
avant, fermez votre porte après nous.
Le comte voulut la remercier ; mais elle
reprit : Allons ; ne perdons pas un tems
précieux.

A peine Ophelle fut soulagée de ses vives inquiétudes, qu'un nouvel accident fit renaître ses craintes. Laure et M. d'Eloncour rencontrèrent une poële à feu qu'on avait oubliée sur le haut de l'escalier. Ce corps dur, poussé fortement, parcourut avec beaucoup de fracas dix marches, et ne s'arrêta qu'au bas du palier. Pour cette fois, Ophelle se crut perdue, et sans ressource. L'amour qui prodigue les miracles pour les amans, les sauva sans doute encore de cet extrême péril.

Pendant plus d'une demi-heure, Ophelle n'eut pas une goutte de sang dans les veines; il s'était tout retiré vers son cœur.

Déjà l'aurore éclairait l'horizon, et elle n'avait pas fermé l'œil. Au moment peut-être où elle allait reposer, vaincue par le sommeil, sa belle-mère paraît dans sa chambre. — Quel vacarme, quel

E 2

carillon, quel tintamare ai-je entendu toute la nuit! dit-elle d'un ton brusque. J'ai vingt fois été tentée de me relever : il s'est passé quelque chose d'extraordinaire que j'éclaircirai certainement avant peu. D'abord, pour remettre de l'ordre dans ma maison, je commence par chasser Laure. Depuis long-tems, cette fille a des allures ; de plus, elle est votre confidente : cela suffit pour qu'elle me déplaise, et que je m'en défasse. Madame de Pelverde reprocha à Ophelle d'avoir négligé sa musique, et sur-tout sa voix. Par votre entêtement, ajoute-t-elle, à ne pas vouloir couvrir votre gorge, votre délicatesse de poitrine augmente tous les jours : aussi passez-vous les nuits à tousser, ce qui vous échauffe beaucoup. J'ai consulté M. d'Artère, mon chirurgien : il est d'avis qu'on vous saigne. Une idée aussi bizarre donna tant d'humeur à la triste Ophelle, qu'elle se re-

tourna du côté de la ruelle de son lit ,
et ne voulut plus répondre à sa belle-
mère , quelque chose qu'elle lui dît. Son
sort était-il assez à plaindre ? Elle avait
passé la veille et la nuit dans des transes
mortelles; et parce que M. d'Eloncour
avait une espèce de coqueluche , il fallait
tirer du sang ; n'importe à qui. A - t - on
jamais rien vu de semblable ? La saignée
pourtant n'eut pas lieu ; Ophelle l'esquiva
avec adresse , et en fut quitte pour garder
le lit toute la matinée. Madame de Pelverde voulut qu'elle transpirât, comme si
effectivement elle eût été malade.

Laure s'était, avec succès, débarrassée
du comte. Ophelle l'assura de ne jamais
l'abandonner. Elle écrivit sur - le - champ
à M. d'Eloncour , pour exiger de lui
toute sa protection en faveur de sa
confidente. Le comte répondit la lettre
la plus folle , qu'il finissait en promettant de prendre soin de Laure et de

3

son prétendu ; il y prenait l'engagement
formel de les marier. C'est bien le moins
que je puisse faire, écrivait-il, pour une
personne à qui nous avons tant d'obli-
gations. Le soir, sur les sept heures, on
vit entrer le comte. Madame de Pelverde
lui raconta la méprise de la veille, et
comme Ophelle avait cru le voir. — La
chose eût été fort difficile, reprit M. d'E-
loncour : de la journée je n'ai point
quitté la campagne ; je n'en suis même
revenu que ce matin. Il fut en moins de
rien instruit de tout, beaucoup mieux
que celle qui parlait.

Une soirée, durant laquelle madame
de Pelverde avait paru d'assez bonne
humeur, soirée que le comte avait ani-
mée et embellie de sa présence, dut suspendre pour un moment toutes les souffrances d'Ophelle. Il semblait qu'elle n'a-
vait plus de vœux à former ; elle avait vu
d'Eloncour. Ces lueurs de félicité passent

si rapidement ! Elles fuient devant le malheureux comme un léger météore ; fanal trompeur qui attire vers l'écueil , en redoublant la sécurité.

Ma Jeune amie se retira dans sa chambre, où elle trouva Laure qui l'attendait pour la mettre au lit. Elle l'entretint comme à l'ordinaire de ses peines, de ses plaisirs : elle lui parla aussi de ses inquiétudes sur leur séparation. La tendre Laure parvint à rassurer sa jeune maîtresse, en lui apprenant que madame de Pelverde ne lui ayant pas encore parlé de sa sortie, c'était un signe certain qu'elle n'y songeait plus. L'espérance qui se glissait dans leurs cœurs, et les enivrait de ses charmes séduisans , les aidait à se tranquilliser sur un événement qui aurait fait leur commun malheur. Tous deux enfans, elles se jurent de ne se séparer qu'à la mort. Ophelle dit bonsoir à Laure , l'embrasse , la rappelle pour l'embrasser de nouveau ; enfin la laisse aller : celle-ci passe aussi - tôt dans la chambre de madame de Pelverde, et la déshabille.

Qu'il est délicieux le moment où, débarrassée de ses importuns surveillans, et en sûreté sous l'épaisseur de ses rideaux, une jeune personne peut, sans contrainte, faire l'examen de son cœur, et se rendre compte à elle - même des sensations qu'elle éprouve ! Qui oserait troubler le silence religieux de son asyle ? Personne n'est là pour relever avec aigreur ses paroles innocentes, ingénues ; personne n'est - là pour arrêter l'heureux essor de son imagination ; pour dissiper les ombres chéries qu'elle groupe autour d'elle. C'est l'image adorée de son amant que sa pensée évoque ; c'est à celle-ci sur-tout que mille fois, en un quart-d'heure, elle prodigue les caresses les plus enivrantes ; c'est à celle-là que sa voix timide adresse des prières et demande des consolations.

Qu'ils sont charmans les délires d'une jeune fille tendre, passionnée et sage ! elle rit, pleure, se chagrine, se console, s'attendrit au même instant. Elle sent, elle aime, elle respire, elle est libre !.... Dans cette retraite respectée, elle ose quelquefois sonder la large et profonde blessure de son cœur. Elle s'en effraie et rougit ; mais son trouble échappe à tous les regards : sa couche solitaire est la discrète confidente de ses importans secrets.

Ophelle ne dormait pas encore ; elle entend doucement mettre une clef dans sa serrure : on ouvre ; c'est Laure qui revient à bas bruit auprès d'elle ; c'est Laure toute en larmes qui se précipite dans ses bras, sans pouvoir proférer une parole. — O ma chère Laure ! qu'avez-vous ? En quel état je vous revois ! Vos pleurs, votre silence, votre douleur, tout m'annonce que je vous perds.

Laure, le cœur déchiré, s'écrie avec

5

des sanglots : Hélas ! il n'est que trop vrai , ma chère maîtresse , qu'il faut que je vous quitte : on le veut ; on me l'ordonne ; j'ai reçu mon congé.

Il m'est impossible , madame , de vous peindre la douleur de ces deux jeunes personnes , quand il fut décidé qu'elles seraient séparées. Elles avaient besoin l'une et l'autre de consolations ! L'amitié leur prête son langage le plus expressif : elles s'engagent par sermens à se réunir aussi-tôt qu'elles le pourront.

Qu'elles étaient malheureuses ! elles s'aimaient , et allaient être éloignées , pour bien long-tems peut-être ! . . . . . . Ophelle sur-tout ne pouvait supporter la perte de sa chère Laure , la seule amie qu'elle eût au monde , l'unique dépositaire de tous les secrets de son ame. Un cœur malade , et malade d'amour , desire tant de se répandre ! a tellement besoin d'une amie , et d'une amie sensible qui partage ses maux! Ophelle, privée de sa compagne, perdait bien plus encore que Laure, qui du moins pouvait se livrer, presque sans réserve, à sa tendresse pour Noisi.

Après avoir passé une partie de la nuit à pleurer ensemble, Laure quitte sa maîtresse, et remonte dans sa chambre. Elle espère qu'Ophelle pourra reposer quelques heures. Reposer! me direz-vous; reposer au milieu des souffrances, des peines de l'amour, des déchiremens de l'amitié, des craintes, des alarmes! Cela ne se peut pas. — Pardonnez-moi, cela se peut. Vous avez donc oublié, madame, que l'infortuné, après s'être plaint long-tems, s'endort sur ses maux, quelquefois même au bord du précipice ouvert sous ses pas? Ophelle est jeune, sensible, malheureuse et contrariée dans toutes les affections de son cœur; elle s'agite long-tems sur sa couche, en cherchant

6

un remède contre les chagrins qui la
dévorent ; c'est en vain qu'elle tourmente son esprit et le fatigue ; elle ne
trouve rien qui apporte du soulagement
à ses peines. Déjà le crépuscule du jour
paraît ; Ophelle succombe enfin à son
accablement : elle ferme les yeux, appelle
à son secours le paisible sommeil ; il
vient ; elle s'y abandonne pour oublier
ses malheurs.

Ophelle dort ; elle paraît calme. Sa
respiration facile n'indique aucune agitation. Son existence douloureuse est
comme suspendue : le feu qui brûle et
dévore son ame, lorsqu'elle veille, est
comme étouffé par le repos.

Mais..... quel changement soudain !
Elle respire avec peine ; son sein soulève
le mouchoir qui le couvre, ses pieds s'al-
longent ou se reploient ; son corps se
tourmente, ses bras sont toujours en
mouvement ; des mots entrecoupés, des

cris même, des pleurs qui s'échappent
à travers ses longues paupières, tout
annonce qu'un songe funeste lui offre
un tableau de la vie, tel qu'il est pour
Ophelle, quand elle est éveillée.

Laure qui vient pour la dernière fois
donner ses soins à mon amie, la tire fort
à propos de son pénible rêve.

O Dieu ! s'écrie Ophelle ouvrant les
yeux, mais encore à moitié endormie ;
ô ciel ! je suis perdue !..... Comment
pourrais-je l'éviter ? — Eviter quoi ? reprend Laure étonnée : dites, ma chère
maîtresse, que faut-il éviter ? — C'est
toi, ma bonne Laure ? ah ! tant mieux !
Comme je suis soulagée ! Que je souffrais !
En quel état je suis ! N'est-ce bien là
qu'un rêve ! Mon cœur, mes sens en
sont encore glacés. Vois quelle sueur
froide s'est répandue sur mon corps ! Que
je serais malheureuse si jamais ce triste
jeu de mon imagination, trop fatiguée

sans doute, avait un jour quelque réalité ! Ecoute, et rassure-moi contre les terreurs d'un rêve aussi bizarre qu'inquiétant.

Ma belle-mère se remariait, et le comte, pour lui témoigner qu'il prenait part à cet événement heureux, donnait une fête brillante, dont elle était la reine. Nous nous trouvions dans un salon délicieusement décoré ; mille bougies, répandues avec art, l'éclairaient avec autant de symétrie que d'élégance : une foule de musiciens des deux sexes exécutait un concert de voix et d'instrumens avec un tel accord, que de ma vie je n'ai rien entendu d'aussi divin : il semblait que les habitans du céleste séjour étaient descendus sur la terre pour nous enchanter, et me faire éprouver des sensations, qui, jusqu'alors, m'avaient été inconnues. On me prie de chanter ; d'Eloncour m'accompagne de son harmonica : nous fûmes bientôt maîtres de tous les cœurs. Les auditeurs étaient dans le plus doux enchantement, et les concertans dans une ivresse qui tenait de l'extase. Peu-à-peu je tombai assoupie.

« Tu t'es enivrée de la musique des
» dieux, dit une voix tonnante. Que
» ton assoupissement finisse; lève-toi,
» l'enfer le veut. »

L'enfer! repris-je; où suis-je donc?

Je me trouve dans une immense forêt, à laquelle je ne voyais point d'issues. A mesure que je prolongeais ma marche, les allées se resserraient et devenaient plus sombres. Accablée de fatigue, j'allais me reposer au pied d'un arbre d'une grosseur prodigieuse, quand j'aperçois, à quatre pas de moi, une vieille femme couchée par terre. Elle pousse de longs gémissemens; mon ame s'ouvre à la compassion : je vais à elle, la soulève dans mes bras, et l'interroge sur la cause de sa douleur. Elle garde le plus profond silence ; mais je la vois qui s'agite sur mon sein, où je l'avais mise reposer. Je l'examine davantage, et, à ma grande surprise, peu-à-peu je lui vois prendre les traits de madame de Pelverde. Elle se relève ; et d'un ton qui me fait encore frémir, elle m'adresse ces mots : Tu venais pour me secourir ! Etre faible, ne suis-je pas cent fois plus forte que toi ? Je la fixe : elle était tellement grandie, que sa taille me parut gigantesque, effrayante. — Je te fais peur ! ajoute-t-elle ; ah ! garde-toi d'en douter ; tu partageras mes malheurs. Vois-tu bien ce poignard ? (elle m'en montre un qu'elle tire de dessous sa robe) ; le vois-tu ? il est pour toi, pour moi et pour le comte. Puis s'approchant, elle m'en frappe de trois coups, qui me firent un mal dont je ne saurais donner qu'une idée imparfaite. Ensuite, détachant de

longs serpens de sa poitrine, elle en ceint
tout mon corps, jette un cri épouvantable, et disparaît.

Je souffrais le martyre ! Ces reptiles
venimeux, repliés autour de mon cou,
me le serraient, jusqu'à m'ôter la respiration. Je t'appelais, ma Laure, pour
m'en débarrasser ; j'appelais aussi mon
cher comte, et vous ne veniez point.
Seulement, chaque fois que je pronon-
çais vos noms chéris, j'entendais comme
des soupirs, et c'était la seule réponse
qu'obtenaient mes plaintes.

Ma position était cruelle ; je marchais
cependant. Le ciel, entièrement couvert,
me laissait à peine entrevoir la route que
je suivais ; mais je sentais fort bien que
le chemin était rempli de ronces et d'é-
pines, qui déchiraient mes membres et
les ensanglantaient. Qui me guidera,
disais-je, dans cette route difficile ? Pour
moi le jour a perdu sa clarté. Je crie de

nouveau, je pleurs, mais en vain : personne n'entend ma voix.

Tout-à-coup, je suis enveloppée d'une
vapeur sulphureuse ; elle embarrasse ma
respiration. Un grand vent s'élève de
toutes parts, et souffle avec impétuosité ;
d'effroyables sifflemens semblent menacer
ma tête ; des craquemens longs, horri-
bles, m'annoncent la chûte des arbres
prêts à se déraciner. La nuit n'est plus
entière ; elle est interrompue par des
éclairs répétés, qui se croisent et sillon-
nent toute la forêt. On dirait qu'une
masse de feu va la dévorer : le tonnerre
gronde, déchire la nue, et ajoute, par
ses éclats, à la terreur qui me saisit.
L'univers va-t-il rentrer dans le néant ?
La nature est tremblante !.... O ciel ! que
m'annonce ton courroux ? Dieu ! ma belle-
mère se présente encore devant moi ! En
ce moment, elle m'apparaît avec ses traits
ordinaires. D'abord elle sourit à mon em-

barras, et m'offre sa main pour me conduire hors du lieu d'horreur où je suis ;
je l'accepte avec reconnaissance : bientôt
le silence et le jour rendent le calme à
mes esprits trop long-tems tourmentés.

Ici, je me rappelle seulement qu'il
s'est passé dans mon rêve un intervalle
de quelque tems. J'ignore quels événemens l'ont rempli : mais sans savoir comment ni par qui j'y fus amenée, je me
suis vue tout de suite transportée dans
le château de Panor. Ce château n'était
pas Nonzevoi. Celui dont je parle, élevé
sur les bords de la mer, avait un bâtiment d'une longueur si démesurée, que
je ne pus jamais en apercevoir à-la-fois
les deux extrémités. Dans cette immense
solitude, j'étais seule, abandonnée à moi-
même ; mes regards incertains erraient
sur le liquide élément, et je m'efforçais
de trouver un moyen pour sortir du dé-
dale où j'étais enfermée. J'y réfléchissais

encore, quand une petite barque, peinte
en couleur de rose et noir, et qui me paraît très-jolie, arrête ma vue. Elle se
promenait lentement sur le vaste Océan.
Un enfant la conduisait; et cet aimable
enfant avait, ma chère Laure, une éton-
nante ressemblance avec toi. Le voilà
qu'il passe sous les murs du château; il
me salue deux fois avec une grace tout-à-
fait aimable. La naïve ingénuité donnait
à sa physionomie un charme enchanteur : il s'arrête quelques instans pour
me fixer; je m'en aperçois, et lui fais
signe de s'approcher le plus près qu'il
pourra. Il m'obéit : alors me laissant
glisser de toute la hauteur du bâtiment,
(elle était prodigieuse), et comme si
j'eusse eu des ailes pour me soutenir dans
les airs, je saute légèrement, et me trouve
dans la barque. Une fois entrée, assise
et à mon aise, j'ordonne à mon joli petit
pilote de me conduire dans les lieux

qu'habitait le bien-aimé de mon cœur.
Volontiers, me dit-il ; mais, ô douleur !
ô funeste empêchement ! à chaque coup
de rame qui éloigne le canot du rivage,
une puissance invisible m'y reporte sans
cesse. Cent fois mon pilote veut vaincre
la résistance qui s'oppose à notre route ;
autant de fois il est vaincu, et vainement
nous nous fatiguons à combattre les flots.
Il faut céder. Mon petit guide se désole.
Il se jette à mes genoux ; il couvre mes
mains de baisers, et me demande pardon
de ce que ses efforts, pour me servir,
ont été sans succès. A peine a-t-il pro-
noncé ces dernières paroles, qu'il pousse
un cri perçant, et se précipite dans l'a-
bîme des mers.

Il disparaît ; c'est encore madame de
Pelverde qui lui succède. Elle me prend
par le bras, veut me contraindre à la
suivre ; elle n'en a pas le pouvoir : je
demeure fixe au même lieu, sans qu'il

me soit possible de détacher mes pieds de la terre, quelques efforts que je fasse.

La scène change tout-à-coup : je suis dans une église tendue de noir depuis le haut jusqu'en bas ; des prêtres y chantent l'office des morts. Je les entends psalmodier en latin ; mais comme si le saint esprit fût descendu sur moi, et m'eût accordé le don des langues, je comprends parfaitement ces paroles qu'ils récitent, et que je te traduis en français : *Heureux sont les hommes qui descendent dans le séjour des tombeaux avec leur innocence !*

Une grande quantité de cierges allumés répand autour de moi une lumière brillante. Peu-à-peu cette clarté diminue ; les cierges s'éteignent d'eux-mêmes, et je me trouve au milieu des ténèbres. Je traverse dans l'obscurité le chœur de l'église ; je découvre une petite porte à laquelle est suspendue une lampe sépul

crale, dont la lueur faible, pâle, tremblante, est l'image des vacillations de
notre vie. Je m'arrête long-tems à la
contempler. Je frappe ; des verroux se
tirent, la porte s'ouvre, et tourne avec
fracas sur ses gonds rouillés. Le bruit
va frapper les voûtes sonores, et retentit
au loin. Des marches se présentent ; mais
cet escalier paraît sans fin : plus je descends, et plus, à ce qu'il me semble,
il me reste encore à descendre : c'est un
abîme incommensurable. J'arrive cependant, et je m'enfonce dans le premier
caveau. Des gémissemens frappent mon
oreille d'un son lugubre, et mon ame,
de terreur. Un candélabre, de forme
antique, et rempli d'une huile épaisse,
éclaire seul ce séjour d'horreur. Je suis
au milieu des cercueils et des morts ; une
sueur froide découle de mon front. J'a-
vance, mais dans la stupeur, et me traîne
parmi les ossemens et les cadavres. Un

bruit extraordinaire me fait précipitam-
ment tourner la tête ; c'est une tombe
qui vient de s'ouvrir : je découvre une
grande figure qui se soulève avec peine ;
elle m'invite, par signes, à l'approcher.
J'hésite, je recule même quelques pas ;
mais je lui vois prendre un regard si
courroucé, et me faire des gestes si mena-
çans, que je n'ose plus lui désobéir. Je
vais droit à elle.... O désespoir nouveau !.... toujours, toujours madame de
Pelverde. — Approche donc, et regarde.
En disant ces mots, elle soulève un coin
de son linceuil, et me montre à son côté,
qui ? mon cher d'Eloncour. — Tu n'as
pas voulu me le céder, et le voilà : je
m'unis à sa cendre.

D'Eloncour était presque méconnais-
sable. Des marques noirâtres et violettes
couvrent tout son visage ; il se lève aussi
à mi-corps : sans parler, il détache l'espèce de masque qui le défigure, et le
jette

jette sur ma belle-mère. Madame de Pelverde n'est pas plutôt couverte, à son tour,
de ces vilaines taches, qu'elle pousse des
hurlemens, maigrit à vue-d'œil, et devient
un vrai squelette.

Je finis par reconnaître les traits aimables de mon cher comte ; je me précipite sur lui : je ne voulais plus le quitter.
De son côté, d'Eloncour étendait ses bras
vers moi, puis les élevait vers le ciel,
comme pour l'implorer en faveur de notre
réunion. Nos efforts et nos cris, tout était
impuissant ; nous ne parvenions point à
nous rejoindre : j'étais glacée d'horreur....

La cruelle Pelverde ajoutait de plus
en plus à mes souffrances ; elle me re-
poussait durement, et d'une voix forte
me criait : « Arrête ; tu n'es pas assez
» malheureuse : arrête, te dis-je. Oui,
» tu viendras avec nous ; garde-toi d'en
» douter. Mais pour Ophelle, ce moment

F

» n'est pas encore celui de l'éternité.
» Panor, Panor ! ..... »

Ce funeste et trop funeste nom produit
l'effet d'un mot magique. La tombe qui
la renfermait, ainsi que le bien-aimé
d'Eloncour, se referme, s'abîme dans
la terre, et sa disparution est accompagnée d'un bruit épouvantable.

Voilà l'affreux Panor qui se saisit de
moi ; qui, me tenant étroitement serré
dans ses bras, m'entraîne hors du caveau
et de l'église.

Une fois dans la rue, je ne jouis pas
long-tems de la clarté du jour ; des nua-
ges épais s'amoncèlent autour de moi,
et me dérobent les personnes qui mar-
chaient à mes côtés. Le brouillard devenait d'une épaisseur et d'une odeur in-
supportables. Cependant de petits points
lumineux semés çà et là dans le vague
des ténèbres, me laissaient entrevoir quelquefois des objets tout-à-fait singuliers.

Un instant après, j'entends des éclats de rire ; ensuite des murmures et des plaintes ; puis des cliquetis d'épées et des coups de pistolets. Je ne savais qu'imaginer d'un si grand désordre.

J'en étais là de mon rêve, quand, ma chère Laure, tu m'as rendu le véritable service d'entrer dans ma chambre, et de me réveiller. Jamais ce terrible songe ne me sortira de la mémoire ; non, jamais ! Il a produit sur mon imagination *assombrie* un si prodigieux effet, que je crains bien qu'il ne soit, pour ton infortunée maîtresse, l'annonce de quelques grands malheurs.

Laure, presqu'aussi effrayée de ce songe que sa maîtresse, fit pourtant tout ce qu'elle put pour la tranquilliser et lu en ôter le souvenir. Elle sortit de la maison de madame de Pelverde ; et ce ne fut pas sans répandre des pleurs, qu'Ophelle et sa fidelle confidente se séparèrent.

Le surlendemain, madame de Pelverde annonça à mon amie, à l'instant de son réveil, que, sous quinze ou seize heures, elles iraient à la campagne. Comment faire savoir au comte ce départ précipité ? La malheureuse Ophelle n'avait plus personne dans ses intérêts ; elle ignorait elle-même le lieu de sa destination. Comment aurait-elle pu écrire ? Madame de Pelverde ne la quittait pas d'un moment ; c'était un véritable Argus. Enfin, le lendemain matin, toutes deux, à la pointe du jour, montèrent en voiture ; et les voilà voyageant dans des chemins tout-à-fait inconnus. Où les conduisait-on ? Mon inquiète amie interrogeait sa belle-mère, qui ne lui répondait rien de satisfaisant. Elles coururent la poste toute la journée et une grande partie de la nuit. Enfin, sur les une heure du matin, elles s'arrêtèrent devant la porte d'un vieux château, dont on baissa le pont-levis pour

les laisser entrer. Il n'y avait aucun maître pour les recevoir, ce qui étonna un
peu Ophelle. Une vieille femme, qu'elle
jugea être la concierge, se présenta, accompagnée de deux espèces de paysans,
On leur montra leurs chambres, et on
leur servit un souper magnifique, quoiqu'elles ne fussent que deux.

Ophelle et sa belle-mère se couchèrent,
si-tôt qu'elles eurent pris quelque nourri-
ture. Accablée de fatigue, une fois la
tête sur l'oreiller, mon amie s'endormit
du plus profond sommeil jusqu'au lendemain midi, où l'airain des heures se
fit entendre d'une manière tellement terrible pour son oreille délicate, que, réveillée en sursaut, et glacée d'épouvante
par ce bruit inattendu, Ophelle, avec
la plus grande promptitude, se jeta toute
tremblante au bas de son lit. La vieille
horloge du château sonna douze heures.

Il est nécessaire de vous avertir, ma-

3

dame, qu'avant de se coucher, madame
de Pelverde avait fait arrêter cette horloge,
afin de n'en être point réveillée. Elle
donna des ordres pour qu'on ne la re-
montât que vers l'heure de midi. Voilà
pourquoi Ophelle fut si surprise la première fois qu'elle l'entendit.

Peu-à-peu elle revint de son effroi, et sa
première idée fut de se mettre à une croisée pour reconnaître les lieux qu'elle habitait. Qu'elle les trouva tristes ! Ophelle
était comme en prison dans une citadelle.
Des fossés remplis d'eau et fort larges,
entouraient le manoir : on ne voyait par-
tout que tourelles gothiques ; tout y montrait les ravages du tems. D'un côté, des
pans de murailles écroulées en grande
partie ; de l'autre, des toitures à jour.
Où suis-je ! dit Ophelle ; où suis-je ! peut-
être à deux cents lieues de mon cher
comte. Que prétend-on faire de moi ?
Après de telles réflexions, elle se désola

de nouveau sur son sort, et se rappela, en frémissant, le rêve qu'elle avait fait la surveille à Paris. Ce château où elle était enfermée, l'abandon où elle se trouvait, l'isolement du lieu et tout ce qui l'entourait, lui en faisait craindre la réalité.

Quand elle descendit pour dîner, elle ne fut jamais plus surprise que de trouver avec sa belle-mère M. de Panor : ils causaient ensemble. Lorsqu'ils la virent, ils se turent ; ce qui la fit très-bien juger qu'on avait dessein de la séparer du comte, et pour toujours ; mais ce n'était pas tout. Le soir, environ vers minuit, sous prétexte de lui montrer plusieurs endroits du château, on la conduit dans une chapelle à plus des trois quarts détruite. Ce qui en reste de murs est si enfumé, si noir, qu'Ophelle prend plutôt cet endroit pour un cachot que pour un temple consacré à Dieu. Plusieurs

personnes examinent le local ; ce qui l'é-
tonne beaucoup, vu sa laideur. Ensuite
on la mène dans une vilaine petite sa-
cristie, où on lui présente un registre
à signer, en lui disant qu'on n'entre
point en ce lieu sans, au préalable, ins-
crire son nom dans ce livre.

Encore qu'Ophelle se défiât et de sa
belle-mère et de Panor, dans le désordre
de ses esprits, elle fit ce qu'on desirait.
Aussi-tôt on la reconduit dans la chapelle, où elle trouve un prêtre en sur-
plis : elle demande, avec l'inquiétude de
la défiance, ce que signifie tout ce qu'elle
voit ? On lui répond que tous les ans,
et à pareils jour et heure, on dit une
messe de fondation. A cette raison, pour
elle assez plausible, elle se met à genoux
comme tout le monde. Remarquez qu'elle
n'avait jamais vu marier personne ; mais
quand le prêtre s'approche d'elle pour lui
prendre la main, et la joindre à celle de

M. de Panor, l'infortunée Ophelle devine en ce moment, et sans pouvoir en douter davantage, tout l'excès de son malheur. On s'efforce vainement de lui faire entendre qu'il n'y a plus à reculer, puisqu'elle-même a consenti à tout, en donnant sa signature. — Non, non, s'écrie-t-elle avec force et désespoir ! non, je ne l'ai point donnée ; on me l'a arrachée par surprise ! Jamais je ne serai à lui, ajoute Ophelle en frémissant et en montrant M. de Panor. Jamais ! plutôt cent fois mourir ! Sa belle-mère la prend dans ses bras ; et l'éloignant des spectateurs, lui dit, de l'air le plus menaçant : Prends garde à ce que tu vas faire, fille désobéissante et indomptable ; songe que je ne suis point ta mère, mais ta rivale, et que tu es en mon pouvoir. Tiens, prends, et lis cette lettre ; c'est la dernière que j'ai reçue de ton père. Ophelle prend en tremblant le plus funeste écrit

5

que de sa vie ses yeux aient parcouru.
Voici ce qu'elle y trouve :

« Je suis décidé, ma chère amie, au
» mariage de ma fille avec M. de Panor.
» Il lui convient à tous égards, et pour
» la fortune et pour la naissance; enfin,
» telle est ma volonté. Je trouverais bien
» singulier que ma fille y résistât. Je
» suis déjà très-mécontent de la manière
» dont elle reçoit un homme que vous
» lui avez présenté comme devant être
» son époux. Si elle ne se rend pas à
» mes desirs et à la raison, déclarez-lui
» que je la destine à une clôture éter-
» nelle, et qu'à jamais, pour ce monde
» et pour l'autre, son père l'accable de
» toute sa malédiction. Point de fai-
» blesse, ma chère amie ; faites obéir
» Ophelle ; je vous remets tous mes droits
» et mes pouvoirs, à la vie comme à
» la mort. Adieu ; je vous embrasse. Point
» de caresses pour Ophelle : elle ne re-

» deviendra ma fille qu'en devenant la
» femme de M. de Panor. Je suis votre
» tendre époux. »

Ce terrible écrit où Ophelle crut reconnaître l'écriture de son père , le lieu
où elle était, ses terreurs, la fureur de
madame de Pelverde , le prêtre , la cérémonie , les témoins , tout servit à lui
en imposer , à lui troubler la tête , à
lui faire perdre l'esprit. Sans plus résister, victime dévouée, elle se laisse ramc-
ner, traîner à l'autel. Les premiers , les
plus terribles coups frappés , ah ! les derniers furent faciles à lui porter.

Ophelle était à demi-morte. Elle m'a
dit avoir toujours ignoré si elle a pro-
noncé ce *oui* fatal , qui , dans tant de
bouches , est un *non* positif; mais ce que
depuis elle n'a su que trop , c'est qu'elle
appartenait , comme épouse , à M. de
Panor.

6

La cérémonie achevée, et certaine qu'il ne lui restait plus aucune espérance de changer sa destinée, elle tomba dans un effrayant désespoir. Tout-à-coup son caractère parut changer : de douce et timide, elle devint, pour quelque tems, furieuse et indépendante ; elle ne craignait plus personne ; sa belle-mère n'était plus à ses yeux qu'un monstre ; elle lui avait fait tant de mal, qu'elle ne pouvait plus lui en faire. Ophelle détestait M. de Panor à l'égal de madame de Pelverde : tous les deux lui étaient en horreur. Sans cesse elle les accablait de sa haine, de ses reproches ; elle ne desirait plus rien, sinon qu'ils devinssent aussi malheureux qu'elle était infortunée.

Comme elle était à plaindre, mon Ophelle ! Avec un cœur si bon, si tendre et si sensible, un cœur si bien fait pour aimer, être obligée de haïr ceux qui l'entouraient ! oh ! qu'elle était à plaindre !..... Ophelle fuyait tout le monde ; elle fuyait aussi le jour, et aurait voulu pouvoir se fuir elle-même. Son ame était si cruellement déchirée, que ses souffrances auraient attendri l'être le plus féroce. Sans cesse mon amie se reprochait la faiblesse qu'elle avait eue de souscrire à son mariage avec M. de Panor ; elle s'accusait d'être infidelle au comte, et son cœur brûlait d'un feu sacré qui ne devait jamais s'éteindre. Madame de Panor s'accusait et souffrait des peines que les auteurs de son mal auraient dû seuls souffrir.

Cependant madame de Pelverde ne retournait point à Paris, malgré son extrême desir de rejoindre le comte : par complaisance pour M. de Panor, elle restait au Château noir, dans l'espoir qu'ils avaient tous deux, que sa présence en imposait à la triste Ophelle. Tous deux se flattaient également qu'elle fini-

rait par s'accoutumer à sa nouvelle situation. Ils se trompaient.

Comme je l'ai déjà dit, Ophelle fuyait
tout le monde. Elle aimait à approfondir
sa douleur, qui lui rappelait son amant :
en nourrissant son chagrin, madame de
Panor nourrissait ses regrets et son amour !
C'était l'unique consolation dont elle pouvait jouir dans la prison affreuse où elle
vivait. Toujours solitaire, Ophelle rêvait
à son cher d'Eloncour, quelquefois à sa
fidelle Laure. Souvent elle les appelait
tous deux; plus souvent encore elle pleurait leur absence.

Quand, après ces vifs accès de tristesse,
Ophelle devenait plus calme, elle sortait
pour se promener dans le parc, choisis-
sant les allées les plus sombres, les plus
romantiques, afin d'entretenir sa rêverie
et ses souvenirs doux et cruels tout-à-
la-fois; plaisirs déchirans. Madame de

Panor n'en pouvait goûter d'autres. Elle s'asseyait dans un lieu écarté. Là, languissamment appuyée contre un acacia, et son joli visage couvert de ses deux mains, elle s'abandonnait des journées entières à sa mélancolie. Quelquefois le zéphire en se joüant dans sa chevelure, et rafraîchissant sa poitrine, elle sortait de son abattement, et ses souffrances semblaient suspendues. Tranquille alors, ma jeune amie tirait ses tablettes pour composer des romances et soulager son cœur trop plein de ses peines. Ophelle chantait ou quelques souvenirs, ou quelques regrets nouveaux. Voici une de ces chansons qu'elle composa au Château noir : je la lui ai souvent entendu répéter; c'était celle qu'elle aimait davantage, parce qu'elle lui retraçait tous les malheurs de sa vie. Jamais son flexible gosier ne l'a chantée devant moi, sans m'émouvoir jusqu'aux larmes.

ROMANCE.

Sensible écho, redis ma plainte amère,
Et que le monde apprenne mes douleurs !
Je vis le jour à peine, que mes pleurs
Ont arrosé la tombe de ma mère.
 Le malheur m'accablait déjà ;
 Son cortége sombre assiégea
 Le berceau de ma tendre enfance,
 Et t'en chassa, douce espérance !

O souvenir de ma peine cruelle,
Que la raison, le tems n'ont pu calmer !
Sans me donner nouveau cœur pour l'aimer,
Papa me donne une mère nouvelle !
 Triste victime du malheur,
 J'existais, mais par la douleur ;
 Et jamais ma docile enfance
 N'eut un souris de l'espérance.

De déshonneur qu'une femme se perde !
Non, je ne l'eus jamais imaginé :
Bientôt mon père expire ruiné,
En maudissant madame de Pelverde.
 Et moi, victime du malheur,
 Le cortége de la douleur
 Entoura ma bien triste enfance,
 Et me laissait sans espérance.

Sur mes talens, ma sagesse et mes charmes,
Ma fausse mère eut de honteux projets.
J'avais quinze ans : mes innocens attraits
S'embellissaient encore de mes larmes.

 Triste victime du malheur,
 Le cortége de la douleur
 Entoura mon adolescence :
 Ai-je perdu toute espérance ?

Un feu subit coule en mon sang, l'enflame ;
Mon cœur palpite, et j'aime d'Eloncour :
Et cependant l'aube du plus beau jour,
Un soir serein est moins pur que mon ame.

 Vois-je la fin de mon malheur ?
 Le cortége de la douleur,
 Du chagrin et de la souffrance
 Fuit-il, chassé par l'espérance ?

A d'Eloncour j'inspire la tendresse,
Au même instant qu'il devient mon vainqueur.
Ah! me dit-il, possédez tout mon cœur.
Et vous, le mien ; c'est toute ma richesse.

 Est-il vrai que, loin du malheur,
 Du cortége de la douleur
 Je verrais, sage providence !
 Luire les traits de l'espérance ?

Non : ma marâtre, une horrible furie,
M'entraîne au fond du plus affreux séjour :

Elle m'arrache à mon cher d'Eloncour ;
Elle m'enchaîne à Panor pour la vie.
Je n'ai vécu que pour souffrir.
Allons, Ophelle, il faut mouir ;
Trop à charge est ton existence !
Tout est fini : plus d'espérance.

N. B. A la fin de ce volume, on trouvera une autre romance sur le même sujet. Elle est beaucoup mieux faite ; mais elle n'est pas d'Ophelle, et c'est la sienne qui devait se trouver en cet endroit.

Cependant M. de Panor, qu'Ophelle n'a jamais regardé ni traité comme son époux, tâchait de deviner dans sa pensée ce qui pouvait lui plaire ; mais son cœur était mort à toutes les sensations agréables ; elle ne vivait que pour souffrir.

Un jour que madame de Pelverde reçut des lettres de Paris, elle demanda des chevaux à M. de Panor. Tandis que dans le château on était occupé de son voyage, Ophelle profite du moment, et échappe à ses geoliers : elle vole plutôt qu'elle ne marche ; mais excédée enfin, elle tombe, les plantes de ses pieds meurtries, ses jambes déchirées par les ronces. Pour s'éloigner plus sûrement de sa prison, elle avait pris des chemins détournés. Un peu reposée, et regardant autour d'elle, mon amie aperçoit une lumière dans l'éloignement ; elle reprend courage, se relève ; mais s'étant trouvée trop lasse, trop faible, elle retombe à sa place, accusant la nature de lui avoir donné une complexion si délicate. Ophelle se désespérait au moindre bruit : elle se croyait déjà au pouvoir de ses tyrans. Cette crainte aida à renouveler ses forces ; ses efforts sont heureux : elle cheminait, dirigée par la faible lumière dont je vous parlais tout-à-l'heure ; et moitié en marchant, moitié en se traînant, elle arrive à là porte d'une ferme. Elle frappe, et entend des cris qui l'effrayent. Comme la peur grossit tout à nos yeux et à nos oreilles ! Un homme

disait à des femmes et à des jeunes garçons réunis auprès de la porte, qu'on
ouvrît : Voilà comme vous êtes ! toujours
des revenans ou des voleurs ! voyons
donc, et dans l'instant il porte sa lan-
terne sous le nez de la timide Ophelle.
— Ha, ha ! une belle demoiselle ! que
souhaitez-vous, à l'heure qu'il est ? —
Hélas ! un asyle pour cette nuit, du feu,
du pain et un peu d'eau ; je suis bien altérée. — Vous ne manquerez de rien : jus-
tement nous n'avons pas soupé. La mé-
nagère, mettez cuire des œufs frais.
Ophelle était enchantée de ses hôtes :
déjà elle imaginait être sauvée, quand
un maudit petit vieillard, gîté dans un
des coins de la cheminée, la reconnut.
Ophelle le remit aussi : il avait été un
des témoins de son mariage, sans savoir
d'abord que ce mariage fût contre son
gré. — Est-ce que vous êtes égarée, madame de Panor ? Savez-vous que vous êtes

à près de quatre milles du Château noir?
Ophelle avait ignoré jusqu'alors le nom
de sa demeure, et qu'elle fût au milieu
des Ardennes (*).

Papa, si vous disiez à cette belle dame,
reprit vivement une jeune personne,
(qu'Ophelle jugea devoir être la petite-
fille du vieillard) pourquoi le château
de M. de Panor fut nommé jadis le *Château noir?* — Je le veux bien, répondit
le petit bon - homme du coin du feu. Il
ne demandait pas mieux que de babiller,
et ne s'en acquittait pas mal ; car, ayant
été autrefois destiné à succéder à un de
ses oncles, curé à six lieues de là, il avait
fait d'assez bonnes études, contait avec
plaisir et facilité. Tandis, ajoute-t-il,
que nous jaserons, madame de Panor

(*) C'est ce Château qui a donné lieu à la romance si connue :

Tout au beau milieu des Ardennes
Y a un château sur le haut d'un rocher, etc.

s'apercevra moins de la lenteur des apprêts du souper.

Avant que de commencer, le petit bon-
homme sortit un moment à dessein d'en-
voyer un exprès à M. de Panor ; mais il
ne put trouver personne pour exécuter
son projet. Il était tard ; les garçons de la
ferme étaient endormis ; une pluie froide
commençait à tomber : il fut obligé de
remettre au lendemain son avertissement.
Rentré dans la salle, et s'étant rassis au
coin du feu, il entama ainsi son récit :

Il faut d'abord que vous sachiez , madame, que ce château prit son nom de
la tristesse de son site, des hautes forêts
dont il est entouré, et qui bornent tout-
à-fait la vue. Il le reçut aussi de son vaste
intérieur, lequel laisse ceux qui l'habi-
tent dans un entier isolement. Il est
rare qu'un rayon du soleil pénètre dans
ce noir domicile. Il y fait sombre presqu'en plein midi, et dès le milieu de la

journée on est obligé (comme vous avez pu le voir, madame de Panor) d'y tenir des lampes ou des flambeaux allumés. Il est pourtant dans le parc quelques promenades agréables , romantiques , où la nature sourit encore aux tristes humains qui s'y promènent , mais elles sont rares ; tout le reste n'offre qu'un aspect sauvage.

Je me suis laissé dire par mon grand-père (mais il ne faut pas que cela vous chagrine , madame de Panor) , que ce château fut autrefois bâti par un prince bien méchant, qui y fit enfermer sa femme : il en était jaloux. Cette jeune personne y fut conduite à l'âge de dix-huit ans , dans tout l'éclat de sa beauté ; mais, dit l'histoire , on n'en vit jamais sortir Blanche, princesse de Nuremberg ; et l'on présume, ou qu'elle y fut assassinée, ou que le chagrin l'y consuma dans l'un des souterrains du château.

En 1636 environ, un grand du royaume, disgracié sous Louis XIII, y finit
aussi ses jours. Cette habitation appar-
tint ensuite à un célèbre faux-monnoyeur,
qui en fit long-tems son atelier sans y
être découvert.

Vers 1670, elle passa à la fameuse
marquise de Brinvilliers. C'était dans ce
sombre manoir que, secondée par son
amant et par l'enfer, elle composait ses
poisons. On voit encore, dans la partie
de l'occident, les débris de ses four-
neaux. Je ne sais, madame de Panor,
si l'on vous a fait voir le laboratoire de
cette méchante magicienne : il est tout
à l'entrée du souterrain le plus profond.
Quand cette mégère fut arrêtée, et qu'elle
eut reçu la récompense que la justice
devait à ses forfaits, le Château noir fut
donné, en 1676, par le monarque, à
l'un des consins de cette dame, d'exécra-
ble mémoire. Oh! qu'il fut malheureux!

en

en héritant de la Brinvilliers, le ciel impitoyable sembla punir en lui les crimes de sa parente,

Le marquis de Veslan, bien jeune encore, épousa Isabau de Clairac. Cette femme était une des plus belles femmes de la cour du feu roi ; mais elle avait un caractère fier, hautain, bisarre, ambitieux et cruel. Elle plut à Louis XIV, et ne profita de la passion qu'elle lui avait inspirée que pour satisfaire tous ses vices. Le jeune de Veslan aimait jusqu'à l'adoration son épouse ; et quand il reconnut dans son auguste maître un rival écouté, il prit un vif chagrin. Il accusa Isabau d'ingratitude ; et ce reproche, quoique l'expression d'un cœur vraiment amoureux, déplut beaucoup à Isabau de Clairac. Elle s'en plaignit à son royal amant, et en obtint qu'il éloignerait Veslan de la cour. Elle le fit nommer à l'ambassade la plus difficile, dans l'es-

pérance qu'il ne s'y conduirait pas au
gré du ministre, et qu'elle parviendrait
à le faire exiler.

Isabau se trompa dans son calcul.
L'amour, la crainte, la défiance, la jalousie hâtèrent le retour de Veslan en
France. Il avait réussi, et n'avait mis
qu'une année à terminer une affaire ex-
trèmement compliquée, où un autre
moins habile, et sur-tout moins amoureux, aurait consumé quatre fois plus de
tems.

L'infortuné Veslan avait trop bien
rempli sa mission. On ne lui en sut
point gré. Dans cette circonstance, comment ne s'était-il pas aperçu qu'on ne
voulait point employer ses talens, mais
qu'on lui demandait une longue absence?
Son arrivée trop prompte déplut à sa
femme et au monarque.

Louis XIV devint veuf, et bientôt la
superbe Clairac forma d'ambitieux pro-

jets. Son mari la gênait : que faire pour s'en débarrasser, et s'en débarrasser pour toujours ? Elle sollicite cette fois le premier ministre du roi; en obtient, à son grand contentement, une lettre de cachet, qui confine Veslan bien loin du théâtre de son déshonneur. Il part, et l'on ne tarde pas à apprendre que la belle Isabeau est veuve. Elle se montre par-tout en habits de deuil, et la joie sur son visage.

Son triomphe ne fut pas long. Le ciel quelquefois punit les vœux téméraires. Une veuve célèbre, non moins ambitieuse peut-être qu'Isabeau (elle n'était pas méchante du moins) parut à la cour ; elle obtint de Louis XIV le titre d'épouse, qu'en vain l'adultère Isabeau avait constamment et vivement sollicité.

Madame de Veslan, après avoir quelques années encore cabalé à la cour contre sa rivale, voyant enfin qu'il ne lui

G 2

restait plus aucun crédit, se retira furieuse, détestant Louis XIV, souhaitant
tous les malheurs possibles à madame de
Maintenon, et fut cacher sa honte et
son désespoir dans l'abbaye de Montmar-
tre. Là, consumée par son impuissante
ambition, elle vécut encore souffrante
huit années, dévorée de ses inutiles regrets, et ayant pris en horreur le monde
qui n'avait point voulu gémir sous sa
puissance.

Après sa mort, la famille fit vendre
le Château noir, et le crésus Panor,
père de M. votre mari, possédant de
grandes richesses, donna des ordres pour
qu'on lui fît l'acquisition de cette terre,
non pas à cause de la beauté du séjour,
mais bien pour la très-grande valeur des
vastes possessions qui y sont attachées,
dédaignant les villageois et la vie innocente des champs, ne vivant qu'au sein
des plaisirs de la capitale. Vous vous ima-

ginez bien, madame de Panor, que le nouveau possesseur de ce riche domaine ne quitta point Paris; il s'en rapporta, en aveugle, à son intendant, par hasard homme entendu et d'une grande probité.

Bertrand, c'est ainsi qu'il s'appelait, vint (il y a bien soixante ans, à l'heure où je vous parle, madame de Panor) vers le milieu de l'automne. On lui montra les fermes et toutes les dépendances de cette terre, le plus beau fief de la province; et en les lui faisant voir, chaque paysan lui raconta l'histoire de ce séjour, désert depuis nombre d'années. Je dis désert, car long-tems le Château noir n'avait eu pour habitans qu'un vieux concierge et sa femme, qui végétaient au milieu des ruines, en attendant la mort. Celui-ci lui disait que Blanche, princesse de Nuremberg, assassinée à la fleur de son âge, y revenait toutes les nuits; un autre tenait pour certain que dès qu'une calamité menaçait le pays, la Brinvilliers apparaissait avec tout l'appareil des enfers, parcourant le château et ses souterrains, sur-tout ayant l'air d'affectionner encore la partie de l'occident, où jadis était sa pharmacie diabolique. Enfin, jusqu'au concierge et sa femme (pour ceux-ci, ils avaient bien leurs raisons, la suite en instruira) ; tout le monde lui en dit tant, que son ame se fût remplie de terreur, si ce brave et digne homme avait pu se laisser épouvanter par des récits de revenans.

Nous voilà au plus intéressant de l'histoire ; mais ne craignez rien, madame de Panor, ne craignez rien.

Bertrand, après avoir parcouru tout le château, et devant y séjourner quelque-tems pour prendre possession de la seigneurie, se choisit un logement dans la tourelle du midi : ce lieu est le moins triste et le plus sain. Mais il y demeura

peu, car, dès la première nuit, il entendit un bruit extraordinaire : l'on frap-
pait d'une étrange façon contre les vîtres
de la chambre où il était ; dans la pièce
la plus voisine attenant la sienne, on
heurtait contre la serrure de la porte,
comme si l'on eût fait des efforts pour
s'en procurer l'ouverture. Que signifie
cela, se dit-il?.... Reviendrait-il ici,
non des ombres, mais de malins vivans,
qui se seraient choisis pour repaire ce
lieu abandonné, et qui, chaque nuit, feraient du tapage, afin de laisser croire
qu'il y revient des esprits, et en dégoûter
tout acquéreur? Il n'eut pas plutôt fait
cette réflexion, qu'allumant sa bougie à
sa veilleuse, il arma ses pistolets et se tint
sur ses gardes. Il se fit un grand silence ;
mais un quart-d'heure après, le bruit
ayant recommencé d'une manière plus
effrayante, il prit le parti d'aller à la
croisée d'où semblait partir le tintamare.

4

Il ouvre, il regarde, il écoute : sa fenêtre donnait sur le parc ; il prête de nouveau une oreille attentive, et les yeux
fixes sur les objets, trompé peut-être par
le vent qui murmurait dans le feuillage
des arbres, il croit entendre le pas de
plusieurs hommes. Bertrand prend aussi-
tôt son parti, et pour faire voir que le
château est habité par quelqu'un qui ne
craint point, déjà il pose sa main sur la
détente de son pistolet, quand tout-à-coup
il se sent frapper à la joue. Il demeure
bien quatre ou cinq minutes avant que
de revenir de son étonnement ; mais re-
prenant bientôt son courage habituel, il
court à son guéridon, prend sa lumière,
et la porte sur sa croisée. A peine fut-
elle posée, qu'un gros hibou tomba dessus et l'éteignit. Lorsqu'une fois Bertrand se fut bien assuré que l'ennemi
qu'il avait à combattre n'était pas plus
redoutable, il ne put s'empêcher de rire

de la demi - frayeur qu'il avait eue. Il referma sa fenêtre pour que les oiseaux de nuit ne vinssent pas davantage troubler son sommeil ; et rallumant sa bougie, il se promit bien de les laisser dorénavant frapper à ses fenêtres tant qu'ils voudraient, sans qu'il se donnât la peine de leur ouvrir de nouveau.

Avant de se remettre au lit, Bertrand voulut encore s'assurer d'où pouvait provenir le tapage de la chambre voisine : en y entrant, il fut aveuglé par un nuage de poussière occasionné par le vol pesant de plusieurs chouettes habituées de cette chambre ouverte de toutes parts. Ne voulant pas les troubler davantage, il rentra chez lui, et dormit tranquillement jusqu'au jour.

Le lendemain, il prit un logement au rez-de-chaussée du bâtiment du nord. Ce côté n'étant presque point dégradé, il espéra s'y trouver mieux, et à l'abri

5

des excursions des oiseaux nocturnes.
Extrêmement fatigué (car il avait fait
des courses éloignées tant à cheval qu'à
pied), Bertrand se coucha de très-bonne
heure, garda de la lumière comme la
nuit précédente, et même un excellent
feu, quoiqu'on ne fût encore qu'à la
fin d'octobre (comme je crois, madame
de Panor, vous l'avoir déjà dit); car,
sans cette précaution, l'humidité de ces
vastes appartemens, depuis si long-tems
inhabités, n'aurait pas été supportable.
A neuf heures, il était donc au lit. A
neuf et demie il dormait déjà profondément. Une porte s'ouvre ; le parquet
craque : le bruit qui ne parvient à son
oreille engourdie que d'une manière peu
distincte, le met pourtant dans cette
situation que tout le monde connaît,
et qui tient de la veille autant que du
sommeil. Il n'entend qu'à moitié ; ses
sens trop assoupis ne cherchent point à

mieux entendre; il dort et veille tout-à-la-fois.

Cependant Bertrand ne demeure pas long-tems dans cette espèce de léthargie: il en est tout-à-fait retiré par un cliquetis de pelle et de pincettes. Rappelé à lui-même, il tourne ses regards vers la cheminée, d'où sont partis les sons qui l'ont réveillé. O surprise inouie !.... Il voit, madame de Panor, et cela tout comme vous me voyez maintenant, un homme assis, se chauffant et attisant le feu. A peine en croit-il ses yeux; mais conservant son sang-froid : Coquin, lui dit-il d'une voix forte, que faites-vous là ? Celui-ci se lève de dessus sa chaise, et se tournant vers Bertrand, il lui découvre une figure hideuse: son corps maigre et décharné n'est drapé que de quelques lambeaux ; une barbe épaisse cache sa poitrine, et de longs cheveux noirs, ses épaules. Cette espèce de spectre mar-

6

che droit au lit de Bertrand, qui s'empare
de ses pistolets. Il ajuste, et fait long
feu. Le revenant ne se dérange point;
l'œil cave, rouge et ardent, il fixe Bertrand étonné. Mais Bertrand intrépide,
lui adresse une seconde fois la parole:
Qui que tu sois, mort ou vivant, homme
ou diable, retire-toi, ou je te fais sauter
la cervelle. Au lieu de reculer, l'*ente-
nacé* (*) fixant toujours celui qui lui parle,
et le fixant avec des regards de plus en
plus étincelans, ne donne aucune marque de frayeur. L'intendant un peu
troublé lâche son second coup; la balle
part, atteint le démon (car il était à
croire que c'en était un), et tombe ap-
platie par terre, sans paraître l'avoir
blessé; il est toujours droit, et gardant

(*) On risque cette expression nouvelle, qui semble à l'auteur exprimer l'immobilité d'un homme *fixe*
à sa place, comme un arbre attaché à la terre par ses
racines. Si ce mot ne plaît pas, on peut y suppléer
celui de l'*inconnu*.

le silence devant Bertrand, surpris au-
delà de tout ce qu'on peut imaginer.

Il est facile de penser que, pour cette
fois, Bertrand ne demeura pas sans être
vivement ému. Le cœur lui battait : il
saute en bas de son lit, court à sa porte,
l'ouvre, en tire la clef, et la referme en-
dehors, pour que le revenant ne puisse
pas échapper, tandis qu'il va chercher
du secours chez le concierge et sa femme.
Il les fait lever en diligence, et revient
bientôt, escorté de ces deux témoins,
trouver son esprit revêtu d'un corps.
Déjà de retour à la cheminée, il se chauf-
fait, sans crainte, sans inquiétude,
comme un domicilié du logis.

A peine la concierge a-t-elle fixé le
prétendu revenant, qu'elle jette un cri,
chancelle, tombe et perd connaissance.
Bertrand croit d'abord la bonne femme
faible et superstitieuse : il fait tout ce
qu'il peut pour la faire revenir à elle et

la rassurer. Mais quel est son étonnement! Le concierge est à ses genoux, qu'il embrasse, et son état est peu différent de celui où se trouve sa femme. Alors Bertrand soupçonne le mari et son épouse d'être tous deux pour quelque chose dans la peur qu'on a voulu lui faire. Il jette sur l'un et l'autre un regard plein de défiance, le reporte ensuite sur l'infortuné, tapi timidement dans l'un des coins de la chambre. — Malheureux! dit-il en s'adressant au concierge, et le saisissant au collet, que signifie tout ce que je vois? Parle sur-le-champ, ou je me fais justice de vous trois. — Ah! monsieur, mon cher monsieur, monsieur Bertrand!... reprit le concierge en tremblant; faites grace à deux personnes plus malheureuses que criminelles, forcées d'obéir!... — Parle, te dis-je, explique-toi sans détour? — De nous-mêmes, nous n'étions pas capables d'une pareille

horreur! — Malheureux! vous aviez donc
des desseins sur mes jours?... — Le roi,
la marquise, le ministre..... — Eh!
qu'ont de commun le roi, une marquise et un ministre avec le forfait que
vous méditiez d'exécuter cette nuit? — La
promesse d'une grosse récompense....
— Parlez plus clairement, ou je vous
remets entre les mains de la justice....
— Non, mon cher et bon monsieur,
reprit vivement la femme, revenue de
son évanouissement, et qui s'était aussi
précipitée aux pieds de Bertrand, et y
fondait en larmes. Guerrin, il faut tout
lui avouer; notre franchise peut-être ob-
tiendra notre grace. — Malheureuse!
ajouta le concierge, en lançant à sa
femme le plus terrible regard; c'est ta
maudite négligence qui m'a perdu. Parle
donc, toi, et tâche, si tu peux, de ré-
parer le mal dont tu es la cause.

Bertrand ne comprenait rien à ce dia-

logue confus et inspiré par la peur. Il se
doutait bien cependant qu'il y avait dans
tout cela une méprise ; que quelqu'un
était coupable... Mais coupable de quoi ?
de quels crimes ? Il frémissait, et craignait d'entendre un aveu que sa curiosité
desirait pourtant qu'on lui fît. — Eh
bien, reprit Bertrand, parlez ? Voici la
dernière fois que je vous interroge ; mais,
je ne vous le dissimule pas, si vous conti-
nuez de garder le silence ; dans un moment il ne sera plus tems, pour vous,
de vous expliquer. Des juges exacts et
sévères, entre les mains desquels je vous
remettrai, vous prononceront un arrêt
que, sans doute, vous méritez.

Eh bien, mon cher monsieur, eh bien,
voici la vérité, la vérité toute entière.
En 1692, on nous amena, par ordre
signé du ministre, monsieur le marquis
de Veslan, à qui appartenait cette terre,
avec injonction expresse de l'y tenir

caché, et d'en garder le secret sous peine de notre vie. On nous remit en même tems une lettre de notre maîtresse. Madame la marquise de Veslan nous faisait les plus fortes menaces, en cas de contravention de notre part à ses ordres, et les plus douces promesses, si au contraire nous les remplissions ponctuellement. Elle était bien puissante, bien terrible, madame la marquise! Il ne fallait pas que rien lui résistât. Favorite du plus grand des rois ; disposant des places, des graces, de tout le royaume, de la vie même des courtisans; comment nous, ses chétives créatures qu'elle aurait pu briser et détruire comme un verre ; comment, dis-je, aurions-nous osé lui désobéir ? En esclaves soumis, nous exécutâmes sa cruelle volonté, et son mari resta prisonnier sous notre garde. Au commencement de sa captivité, nous lui avions donné le choix de son apparte-

ment ; il avait préféré celui - ci, comme
étant le plus commode ; nous nous con-
tentions de l'y tenir bien exactement
renfermé ; mais, malgré tous nos soins,
un jour il manqua de nous échapper.
Nous frémîmes, mon mari et moi, en
voyant le danger que nous avions couru.
Nous eûmes à trembler bien davantage,
en recevant une nouvelle lettre de madame de Veslan, qui nous marquait :

« Une récompense immense, si vous
» savez garder mon secret, devenu le
» vôtre ; une punition terrible et à jamais
» mémorable, s'il vous arrive de le tra-
» hir ! Le marquis passe pour mort ,
» disposez-en tout comme il vous plaira ;
» mais faites ensorte qu'il ne reparaisse ja-
» mais dans le monde. Brûlez cette lettre. »

J'allais détruire ce gage d'un ordre
supérieur ; mon mari m'arrêta : il s'en
empara, et depuis l'a conservé dans une
petite boîte de fer blanc.

Nous hésitions sur le sort à faire au marquis... La menace était effrayante !...
La récompense nous tentait...... Mais
M. de Veslan, notre maître, était si
doux ! Jamais nous n'avions eu à nous
en plaindre.... Le chagrin l'avait mis
déjà dans un si cruel état ! Sa frêle existence paraissait au moment de succom-
ber... Nous le descendîmes dans l'un des
souterrains, dans une espèce de petit cabinet qui n'a qu'une seule issue : c'est là
que, depuis huit ans, il végète presque
sans souffrir ; car Dieu lui a fait la grace
de le faire tomber dans . . . l'imbécillité.
Tous les jours je lui donne sa nourri-
ture accoutumée. Aujourd'hui, troublé,
sans doute, par le choix que vous avez
fait de l'appartement bâti au - dessus
de son cachot, en lui portant à manger
ce soir, j'aurai oublié de fermer le ca-
denas, et le hasard aura conduit ici notre
ci-devant seigneur. Cette petite porte

encore ouverte, et que vous voyez à côté
de votre lit, sous ce vieux pan de ta-
pisserie, donne sur un escalier dérobé,
lequel conduit à un autre plus étroit encore, qui mène au souterrain. Nous allons
l'y reconduire, si c'est votre intention.

A ces mots déjà Guérin portait ses
mains sur son infortuné captif, pour le
reprendre, quand ce dernier poussa des
cris aigus. Bertrand ordonna de le laisser,
le ramena doucement auprès du feu, car
il paraissait lui faire très-grand plaisir,
et lui coupant un morceau de pain, auquel il joignit une cuisse de volaille,
débri de son souper, il remit le tout
au malheureux Veslan, qui fit fête à ces
reliefs, et baisait les mains de Bertrand,
en signe de reconnaissance. Bertrand
ensuite se retournant vers ses hôtes, leur
dit : Barbares ! cet infortuné est si doux !
comment avez-vous pu vous déterminer
à le traiter avec autant de barbarie? Voyez

comme il est heureux des faibles jouissances que je viens de lui procurer ! Misérables ! . . . . j'ai manqué partager vos
forfaits . . . . Mon sang se glace au seul
souvenir que j'ai tiré deux fois sur lui :
mais comment ne l'ai-je pas blessé ? . . .
En achevant ces mots, il examine de plus
près le marquis, passe sa main sur sa
poitrine, touche ses bras ; mais, ô surprise qui explique l'apparent miracle !
aux lambeaux qui couvrent le corps de
Veslan, il reste encore trois ou quatre
larges boutons de nacre, tels qu'on les
portait lorsqu'il fut amené prisonnier
au Château noir : l'un d'eux était fra-
cassé en étoile, et l'avait préservé.

Je garde cet homme, ajouta Bertrand ;
je le garde avec moi. Retournez à vos
chambres, et dormez, si le crime peut
sommeiller en paix. Au retour du soleil,
croyez-moi, fuyez d'ici, et fuyez pour
toujours. Je vous ai promis de vous faire

grace de la vie : je vous la laisse pour vous repentir. Je ne vous livrerai point au bourreau ; mais je ne saurais me dispenser de déclarer aux magistrats tout ce que vous venez de m'apprendre de relatif à M. de Veslan. Je vous laisse vous sauver .... C'est en vérité tout ce que je puis pour vous.

Confus, et dans le plus grand désespoir, Guérin et sa femme quittent Bertrand, et rentrent chez eux.

Le lendemain, vers les sept heures du matin, Bertrand sortit de son appartement pour s'assurer si le concierge se disposait à fuir du château. Il frappe, on ne lui répond point. Il frappe de nouveau, toujours même silence ; il lève le loquet, qui ne résiste pas ; il entre : quel spectacle ! il voit Guérin et sa femme pendus chacun à la quenouille de leur lit. Il recule d'effroi, sort à l'instant, et va faire sa déposition.

Le juge du lieu et son greffier firent
une descente au château, le visitèrent
depuis les combles jusques dans les souterrains ; dréssèrent un procès-verbal de
l'affreuse histoire de Veslan ; fouillèrent
Guérin , et trouvèrent, comme sa femme
l'avait dit , dans une petite boîte de fer-
blanc la fameuse lettre de la marquise.
Le président du tribunal criminel en fit
informer la famille de Veslan. Elle en-
voya quelqu'un d'humain chercher cette
victime innocente de la plus coupable
ambition. Veslan fut mis dans une maison de santé, où il resta jusqu'à sa mort ;
et tant qu'il vécut , il n'est rien qu'on
ne fît pour adoucir sa déplorable position.

A la fin du récit , Ophelle soupira ,
car elle avait fait de bien tristes réflexions
sur un château qui avait déjà renfermé
tant de victimes ; cependant elle s'ap-
plaudissait d'en être échappée , mais n'osa
avouer qu'elle fuyait son mari.

La table servie, elle y prit place. Après avoir mangé d'assez bon appétit, elle se chauffa, et se coucha, espérant qu'après avoir repris des forces par le repos, elle trouverait bien encore le moyen de continuer sa route, et d'échapper des mains de ses nouveaux gardiens; car elle les jugea tels, et comptait peu sur leur discrétion.

On lui avait donné une chambre pour elle seule, mais dont la porte ne fermait pas. Au village on est sans défiance avec sa famille et ses amis. Le lendemain, à peine au jour naissant, un jeune homme, fils de son hôte, s'approche de son lit. — Excusez, madame, lui dit-il, si je vous éveille; mais le tems presse : je viens pour vous servir. Nous savons par notre grand-père, que vous avez été mariée de force. L'accoûtrement dans lequel vous êtes arrivée hier chez nous me laisse à penser que vous fuyez votre mari. Si c'est votre intention, partez; car on doit

l'informer

l'informer du lieu où vous êtes ; tandis qu'on dort , partez. Un cheval tout sellé vous attend à quelques pas de la ferme ; je vous prendrai en croupe derrière moi , et je me charge de vous conduire où vous me l'ordonnerez. Elle crut ce bon jeune homme : ses manières étaient si franches, qu'elle le suivit , et se confia à ses soins généreux. Elle ne savait où aller. Il lui proposa de se rendre chez une tante à lui : cette parente demeurait dans un village à dix lieues de là , sur la route de Paris. Ophelle aurait été au bout du monde , plutôt que de retourner avec M. de Panor. Avant que de partir, elle laisse sur la table , où la veille elle avait pris son repas , deux louis en or , comme un té- moignage de sa reconnaissance. Jacques (ainsi se nommait son conducteur) l'aida à se placer sur sa monture, et ils par- tirent , ne faisant que le moindre bruit possible.

H

Après sept heures de marche, ils arrivent à une jolie petite cabane. — Tenez,
lui dit Jacques, voici ma tante. C'était
la mère de Laure. Cette femme la reconnut aussi tout de suite : elle ne savait
comment lui témoigner les transports
de sa joie. Elle fit grand feu pour ré-
chauffer la pauvre Ophelle, qui en avait
besoin : la saison commençait à être rude ;
on touchait aux derniers jours de no-
vembre. Le lendemain Jacques repartit.
Je ferai croire à mon père, lui dit-il,
que j'ai été à la ville voisine chercher
quelques paiemens, comme il m'en avait
chargé ; mais que ses débiteurs m'ont
encore demandé quinze jours de remise.
Ma reconnaissante amie fit présent à
Jacques de dix louis, qu'elle eut beaucoup
de peine à lui faire prendre, et qu'il
n'accepta que pour ne la pas désobliger.

Madame de Panor apprend de Jeanne
qu'elle est à plus de soixante lieues

de Paris, le séjour de son amant. Elle trouve la distance considérable, mais cette distance ne l'arrête pas dans son projet formé d'aller rejoindre le comte son cœur avait tant besoin de le voir ! elle avait tant de choses à lui dire ! elle appréhendait si fort qu'il ne la crût infidelle ! Ophelle soupirait après l'instant où elle pourrait le tirer d'erreur, et lui raconter toutes ses peines. Elle écrit sur-le-champ à Laure, pour qu'elle vienne la rejoindre au plutôt. Six jours après elle reçoit sa réponse. Laure lui mandait qu'elle était en qualité de femme-de-charge chez le comte, et lui laissait entendre qu'il lui était impossible, pour le moment, de se rendre à ses ordres. Pourquoi ce refus ? Laure ne lui était-elle plus toute dévouée ? Ophelle ne savait qu'imaginer. Cependant, par sa lettre, Laure paraissait toujours si tendre, si affectionnée, s'intéresser tant aux chagrins

H 2

de sa jeune maîtresse ! Elle l'informait,
en peu de mots, de la surprise de d'Eloncour, lorsqu'il avait appris son départ
précipité ; des vifs regrets de ce trop malheureux amant ; de ses diligences, toujours infructueuses, pour en savoir des
nouvelles : elle l'instruisait encore de
l'arrivée de sa belle-mère à Paris, de son
assiduité auprès du comte, qu'un affreux
désespoir avait saisi, en apprenant son
mariage avec Panor ; de l'aveu forcé que
madame de Pelverde avait fait de ses
torts envers elle ; enfin de mille autres
choses trop longues à détailler ici, mais
qui, ailleurs, trouveront leur place.

Après cette réponse, il fallut bien qu'O-
phelle prît enfin le parti d'attendre sa
chère Laure, sinon patiemment, du
moins avec l'apparence de la tranquillité.

Ophelle s'ennuyait beaucoup, n'osait
sortir, dans la crainte d'être reconnue ;

car elle était persuadée que M. de Panor enverrait quelqu'un à sa poursuite, dès qu'il serait instruit de son évasion.

Les jours lui paraissaient d'une longueur mortelle, les heures ne finissaient point; et la bonne Jeanne, qui épuisait tous les mille petits moyens de distraction qu'elle avait en sa puissance, était trop heureuse, quand elle réussissait à amuser sa jeune hôtesse. Chaque soir, par exemple, une petite historiette ou plaisante ou sentimentale sur les habitans de son village ; d'autres fois, quelques chansonnettes du pays faisaient couler les dernières heures de la journée un peu plus rapidement. Ophelle, dont la douleur semblait comme engourdie par les propos naïfs de la simple villageoise, s'était mise à filer pour lui tenir compagnie. On eût dit qu'elle n'avait fait autre chose de ses jours. Ses doigts délicats faisaient tourner son fuseau avec

3

une grâce, une légèreté charmantes, et son fil était beaucoup plus beau que celui de Jeanne. Vraiment ce léger travail embellissait encore Ophelle. Ah ! si jusqu'alors le comte l'eût vue sans l'aimer, dès cet instant il en serait devenu éperdument amoureux.

Qu'on se la représente, sous le chaume, à huit heures du soir, assise sur une grosse chaise de paille, auprès d'un feu de sarment qui pétille, une table devant elle, sur la table une petite lampe dont la pâle lueur éclaire à peine ; qu'on se représente Ophelle, belle de ses grâces, de son extrême jeunesse, douée d'une figure céleste, d'une taille avantageuse, d'une air noble, et dans ses habits de dame ; qu'on imagine à ses côtés la bonne Jeanne à demi-courbée par les ans, et plus encore par les travaux de la campagne, le visage sillonné de rides, et dans ses vêtemens grossiers de villageoise;

figurez-vous-les enfin toutes deux travaillant à leur quenouille ; l'une racontant toujours , et l'autre écoutant attentive ! Ce tableau, dont je ne fais qu'une bien faible esquisse, il faudrait le pinceau des grâces ou celui de Creuse , pour le mettre sous les yeux avec tous ses charmes.

Les trois premières soirées mirent mon Ophelle au fait des aventures les plus intéressantes du pays ; la quatrième on chanta des chansons. En voici une qui plut à mon Ophelle.

CHANSON.

PREMIER COUPLET.

Adelle , jeune bergerette ,
Hier au bois chantait seulette :
Alors qu'on a quinze ans , comme çà ,
Le cœur nous fait tra li la la. (*bis.*)
   Dans la saison nouvelle ,
     Si belle ,

Vers le déclin du jour,
La pastourelle
Appelle
Près d'elle
Les amans et l'amour.

DEUXIÈME COUPLET.

A quelques pas, sous la coudrette,
Une voix aussi-tôt répète :
Alors qu'on a quinze ans, comme çà,
Le cœur nous fait tra li la la. (*bis.*)
Dans la saison nouvelle,
Si belle,
Vers le déclin du jour,
La pastourelle
Appelle
Près d'elle
Les amans et l'amour. . . .

TROISIÈME COUPLET.

Qu'est-ce donc ? reprend la fillette ;
Echo, redis ma chansonnette !
Alors qu'on a quinze ans, comme çà,
Le cœur nous fait tra li la la. (*bis.*)
Dans la saison nouvelle,
Si belle,

Vers le déclin du jour ,
La pastourelle
Appelle
Près d'elle
Les amans et l'amour.

QUATRIÈME COUPLET.

Adelle se tait , attentive ,
Pour voir si l'écho récidive :
En écoutant , son cœur battait ,
Et voilà que Colin parait , (*bis.*)
Qui , beau de sa tendresse ,
La presse ,
Demande du retour :
Comment être cruelle ?
Adelle
Rend amour pour amour. . . .

CINQUIÈME COUPLET.

Ah ! puisque Colin dit qu'il m'aime ,
Faut bien lui répondre de même :
En consultant mon cœur sur çà ,
Il bat ; il fait tra li la la. (*bis.*) (*)

(*) Les paroles et la musique de cette chanson
sont de l'auteur de ce roman.

5

La cinquième soirée fut employée à conter quelques petites aventures galantes, arrivées cinquante ans auparavant à la bonne Jeanne. Elle parla long-tems de son jeune âge. Quelle est la vieille qui n'aime pas à s'entretenir des beaux jours de sa jeunesse, du tems qui lui rappelle ses plaisirs ?

SIXIÈME SOIRÉE.

———

La sixième, Jeanne raconta la principale aventure de sa vie : c'est elle-même qui parle :

J'avais vingt-deux ans, quand je connus Grand-Pierre. Grand-Pierre était bien tourné ; c'était un fort beau brun. Ce fut à une moisson que nous nous liâmes ensemble. A la fin d'une journée très-chaude, m'étant trouvée incommodée, Grand-Pierre acheva mon ouvrage ;

il eut aussi la complaisance de me reconduire chez mon père. Jean, c'est son
nom, voyant Grand-Pierre fatigué, ha-
rassé, lui offrit de se rafraîchir. Grand-
Pierre, après quelques petites façons,
se mit à table, but, mangea un morceau, et de bon appétit. Son humeur
joyeuse convenait fort à mon père. Jean
l'invita à venir nous voir quelquefois.
Grand-Pierre le promit, à ma satisfaction, car ses soins pour moi, quand
je m'étais trouvée mal aux champs,
lui avaient acquis pour le moins mon
estime.

Il venait de nous quitter. Mon père,
de cet air que je lui voyais toujours
prendre, quand il se passait en lui
quelque chose qui le rendait content,
s'approche de moi, et me dit : Es-tu
mieux, ma fille, ma chère Jeanne ?
— Oh, beaucoup mieux. — Dam'! petite,
te voilà grande ; oui, te voilà dans l'âge

6

où l'on fait des conquêtes, où une jolie
fille attire des coups de chapeau à son
père ; où tous les garçons sont honnêtes
à son endroit. N'as-tu pas vingt-deux
ans passés ? — Oui, mon père ; je les ai
eus la veille de Saint-Martin. — Tant
mieux : c'est précisément l'âge qu'avait
ta mère, ma pauvre défunte, lorsque je
lui tirai ma première révérence. C'était
une bonne femme ; tu tiendras d'elle,
pour ce qui est de çà. Je retrouve en toi
tout son caractère. Nous étions pauvres
tous les deux ; mais nous nous sommes
bien aimés ; tâche, ma pauvre fille, de
trouver mieux que Thérèse ; du côté de
la bourse s'entend, car j'ai rendu ta
mère bien heureuse, vois-tu ? Il m'est
avis, petite, que tu jouiras, toi, d'une
plus grosse fortune que tes père et mère.
Je ne vois pas de mal à cela ; qu'en dis-
tu ? — Je serais bien contente, mon père,
d'avoir quelque peu d'aisance pour la

partager avec vous. — Oh! je connais-
sons ton bon cœur. Mais dis-moi, ma
fille, n'as-tu pas un tantinet remarqué,
tandis que tu mettais la nappe et les verres
sur la table, comme Grand-Pierre te regardait? Une certaine joie brillait dans
ses yeux. Tu t'en seras aperçue, sans doute?
Fillettes se connaissent à ces regards
qu'on attache sur elles. Ça ne leur échappe
pas. N'est-il pas vrai, Jeanne? Eh bien!
que t'en semble? Ce garçon n'est pas mal?
Il a de la mine : ça travaille comme il
faut ; et puis, il est menacé d'avoir bientôt un bon bien. A la mort de Mathurin
son père, il aura la grande ferme du
château ; je suis d'avis que tu lui plaises.
Es-tu du même sentiment que moi?

Je répondis à mon père que je ne serais pas autrement fâchée de m'attacher
Grand-Pierre ; et dès le dimanche suivant, je mis mes plus beaux atours, avec

l'espoir de donner dans l'œil à Grand-Pierre, pendant la grand'messe.

Malheureusement ma parure était peu remarquable. Une cotte de calmande bleue et un corset rouge étaient ce que je possédais de plus magnifique. Le samedi, veille de ma grande toilette, j'avais dégalonné un vieux rideau de lit de serge, pour en prendre les rubans de padoue de soie, et en garnir ma jupe, en mettre sur mes manches et sur ma tête. Ma cornette était de gros linon, mais bien blanc, bien empesé, et collant parfaitement sur mon visage. Par-dessus ma coiffure était un mouchoir assez fin, de toile de coton à carreaux verts, qui servait ordinairement de cravatte à mon père les quatre fêtes solemnelles de l'année. Ajoutez un méchant bout de velours noir qui me servait de ceinture, et vous aurez une idée de mon ajustement.

Mon père nageait dans la joie, en me voyant si bien mise ; jamais il ne m'avait trouvée si fraîche. Il ne cessait de me ré-péter que je lui rappelais sa chère Thé-rèse ; qu'elle était jolie comme moi. Jean, pour m'accompagner, crut aussi qu'il devait se mettre en parure ; je l'aidai à passer son gros habit de drap marron.

L'heure n'arrivait pas assez vîte au gré de notre impatience. Nous nous tenions tout prêts sur le pas de notre porte, pour gagner l'église si-tôt que nous entendrions le premier coup de la messe. Enfin il sonna, et nous n'attendîmes pas le second. Nous partîmes, bien fiers de nos atours et de la sensation qu'ils allaient produire sur le village rassemblé.

Nous voici dans notre banc, et regardant à droite, à gauche, si les yeux nous cherchaient : ils étaient tous effectivement tournés vers moi ; mais, ô fâcheuse surprise ! ô triste découverte pour mon amour-

propre! on chuchotait, on ricanait. Pourquoi ces airs de mépris? Je n'avais rien
négligé pour m'embellir! que voulait-on
de plus? Je souffrais assise; je n'étais pas
bien à genoux. J'essayais toutes les posi-
tions; toutes me gênaient. Embarrassée,
confuse au-delà de tout ce qu'on peut
imaginer, vous devez croire, madame
de Panor, que je n'osais porter mes regards sur celui pour qui j'avais fait tant
d'apprêts; je redoutais de le voir riant de
moi comme les autres. Je hasarde pourtant de tourner, à la dérobée, un œil furtif
et timide vers Grand-Pierre : je tremblais...
Mais que j'eus lieu d'être satisfaite! Il
me sourit d'un air si tendre, que mon
cœur palpita d'aise, et que je repris courage.

Cependant je n'étais pas au terme de
mes souffrances. Après la grand'messe,
j'eus bien d'autres mortifications à supporter. Nous étions à peine sortis de l'é-

glise, arrivés sur la place où l'on se pro-
mène et où l'on joue aux quilles, Grand-
Pierre nous aborde, me présente une belle
branche de géroflée. Son hommage est
remarqué des jeunes villageoises. Plusieurs en ont de la jalousie contre la pauvre Jeanne ; et la grande raison, c'est que
Grand-Pierre est un riche parti. Elles
passent et repassent à chaque instant devant moi, me regardent avec malice,
haussent les épaules d'un air de pitié,
et éclatent de rire à mon nez. Le rouge
me monte au visage ; j'étais toute décon-
certée. Grand-Pierre me rassurait de son
mieux par tout ce qu'il me disait d'obligeant ; mais, hélas ! mon assurance ne
durait pas, car presqu'aussi-tôt de nouvelles insultes me la fesaient perdre.

Le grouppe de celles qui m'en voulaient davantage, augmentait à chaque
tour de promenade. A la fin, quand mes
compagnes se crurent en assez grand

nombre pour m'attaquer, elles s'arrêtèrent toutes devant nous, firent de grandes
révérences, et nous souhaitèrent des bon-
jours qui ne rimaient à rien : ensuite,
prenant tour-à-tour mon jupon, qu'elles
relevaient avec moquerie, elles ajoutaient
les sarcasmes les plus mortifians. L'une
vantait la fraîcheur de mes rubans, l'é-
légance de ma jupe ; une autre, le bon
goût de ma mise, la grâce de ma ceinture ; celle-ci disait à mon père : Jean,
mais Jean, votre fortune est donc faite ?
Une quatrième, plus insolente, arrêtant
sa compagne : Qu'est-ce que tu dis donc,
toi, avec ta Jeanne ? C'est b'en mam'selle
Jeanne. Par ma foi ! elle a presque l'air
et les grands tons d'une dame de la ville ;
ce sont tous les marchands du biau
monde qui ont fourni les parures de
mam'selle ; est-ce que tu n'le vois pas ?

A ce dernier compliment, il me fut
impossible de retenir plus long-tems les

sanglots qui m'étouffaient : je fondis en
larmes. Mon père prit beaucoup d'humeur : Grand-Pierre entra dans une telle
colère, que, ne se connaissant plus, il
se saisit, avec une vîtesse incroyable, de
la belle moqueuse, déchire son jupon,
met en pièces son tablier de mousseline
et son fichu de dentelle. — Allez, lui dit-il
après, allez, mademoiselle Marie ; oc-
cupez-vous à raccommoder vos affiquets,
plutôt qu'à railler personne. Adieu, la
jeune fille. Nous nous reverrons, sans
doute, après vêpres ; et si vous êtes encore en train de rire, nous nous mettrons
aussi en train de vous habiller.

Marie ne riait plus ; elle craignait trop
d'être grondée par sa mère : elle pleurait
encore plus fort que moi. La voilà qui se
retire avec celles qui l'avaient imitée,
toutes au moins bien honteuses, et se
promettant de ne plus plaisanter de la
sorte.

Bonne naturellement, je n'étais pourtant pas fâchée de la mésaventure arrivée à Marie. Ce qui m'enchantait sur-tout, ce fut l'intérêt que Grand-Pierre avait paru prendre à moi : il m'était aisé de voir qu'il m'aimait. Il nous reconduisit, et me dit le long du chemin les choses les plus tendres. Il m'apprit qu'on avait voulu lui faire épouser Marie, mais que ne se sentant rien pour elle, à cause de son ton décidé, il l'avait refusée ; que depuis ce moment, Marie était jalouse de lui, et qu'il ne pouvait aborder aucune fille dans le village, sans craindre quelque scène à-peu-près aussi désagréable que celle dont je venais d'être l'objet. Ensuite il ajouta, mais le plus doucement qu'il put, pour ne pas me fâcher, que j'étais jolie dans mon ajustement, mais qu'il m'avait vue d'autres jours mieux encore ; qu'il me trouvait un peu trop enrubanée. Je compris parfaitement

Grand-Pierre ; c'était me dire, de la manière la plus délicate, que ma parure
était un peu ridicule. Je rougis de m'être
trompée dans les moyens que j'avais em-
ployés pour lui plaire ; mais je ne fus
point blessée de sa sincérité ; au contraire, je lui en sus gré, je l'en remer-
ciai. Son regard, un léger serrement de
main, m'annoncèrent, d'une manière
non douteuse, qu'il me tenait bon compte
de ma douceur à prendre en bonne part
son avis.

————————

Dix heures sonnèrent à la paroisse ;
Jeanne se tut, serra son ouvrage, éteignit
son feu, et invita la jeune Ophelle à se
coucher. Madame de Panor, qui ne voulait en rien déranger les habitudes de
Jeanne, suivit le conseil qu'elle lui donnait, se mit au lit, et tâcha de se livrer
au repos.

SEPTIÈME SOIRÉE.

A sept heures, Jeanne mit un gros fagot dans le foyer, regarnit les quenouilles, et regarda Ophelle, pour voir si elle pouvait reprendre son récit. Ma jeune amie sourit d'un air de complaisance, et Jeanne continua ainsi :

Jean s'accoutumait à voir Grand-Pierre, et moi je m'accoutumais à l'aimer, ainsi qu'à l'idée qu'un jour je deviendrais sa femme. Nous ne nous quittions plus : on en jasait ; mais nous ne nous en serions guères embarrassés, si ma rivale Marie n'était parvenue à me desservir si bien dans l'esprit du père de Grand-Pierre, qu'il défendit à son fils de revenir chez nous. Il ne vint plus nous voir ; mais il ne perdit aucune occasion de me faire la cour, soit aux champs, soit ailleurs. Plus on nous faisait éprouver de difficultés, plus nous avions besoin de nous trouver ensemble. Notre tendresse mutuelle augmentait sensiblement, et mon père était le premier à sourire à notre amour. Nous n'étions pas époux; cependant nous aurions pu vivre heureux du bonheur pur de nous aimer; nous nous voyions souvent : une querelle, mais une querelle violente, troubla notre félicité.

Un jour de fête, qui n'en fut pas une pour nous, Jean et Mathurin jouant ensemble, s'asticotèrent à la fin d'une partie; tous deux voulaient avoir raison. Le père de mon amoureux avait tort; tous les témoins le jugèrent ainsi. Des petites gausseries ils en vinrent aux gros mots, et des gros mots s'ensuivirent les coups, quelque chose que l'on fît pour les empêcher de se battre. Jean, qui était le plus fort, et aussi le plus outré (car il éprouvait l'injustice), rossa si bien Mathu-

rin, que celui-ci fut obligé de garder le
lit pendant neuf jours. Sa colère fut terrible contre Jean ; il ne voulait pas moins
que le tuer, disait-il dans le premier
transport de sa rage. Dès qu'il fut guéri
de ses contusions, et qu'il put sortir, il
n'est sorte de propos injurieux qu'il ne
tînt sur le compte de Jean et sur le mien :
il n'oublia pas non plus de nous humi-
lier sur notre pauvreté. Il menaça son
fils relativement à ses liaisons avec moi ;
il alla jusqu'à lui jurer qu'il le chasserait
de sa maison, s'il apprenait qu'il me fré-
quentât davantage. J'avais, ma chère
dame, comme je vous l'ai déjà dit, j'a-
vais, dans le village, une rivale, peut-
être même en avais-je plusieurs : aussi
vous pouvez croire que, pour brouiller
davantage les deux familles, on eut grand
soin de rapporter à Jean tous les mauvais
propos de Mathurin.

Un jour que je vis mon père plus triste
que

que de coutume, je m'approchai de lui,
et lui dis, en le caressant, tout ce que
l'amour filial peut inspirer de plus tendre. Jean recevait mes caresses, mais il
gardait le silence, et soupirait. Qu'avez-
vous, mon père? lui disais-je; faites-moi
part de votre chagrin. A force d'instances, j'obtins qu'il s'expliquât. Voici
ses propres paroles : — Jeanne, ma pauvre Jeanne, j'ai fait ton malheur ! Ma
bonne fille, j'ai fait peut-être le malheur
de toute ta vie, en te conseillant d'aimer
le fils de Mathurin; car jamais tu ne
l'auras pour époux. Son entêté de père
ne l'accordera point à ta tendresse, si
vraie, si sincère qu'elle soit. Sensibles
et bons tous deux (je parle de toi et de
Grand-Pierre), la nature semblait vous
avoir créés l'un pour l'autre; mais ma
misère vous sépare : voilà ce qui m'at-
triste. Tâchez de vous guérir de votre
amour ; évitez de vous voir ; c'est le moyen

I

de ne plus alimenter des feux qu'il faut éteindre. Tu me promets d'y faire tes efforts, n'est-ce pas, mon enfant? de ne plus rechercher le fils de Mathurin ? D'un moment à l'autre, forcé par son père, il peut se marier ; juge comme tu serais à plaindre, si tu continuais à l'aimer ! Pour ma Jeanne, je ne la contraindrai jamais ; tu te marieras, ou tu resteras fille, à ton gré. C'est bien assez que j'aie fourré dans ton cœur un sentiment qu'on ne détruit pas comme on veut. Que Jeanne ait donc reçu aujourd'hui, pour la dernière fois, la visite de son amoureux !... — Comment savez-vous donc ça, mon père, que j'ai vu ?.... — Comment, mon enfant ! on distinguait à peine les premiers rayons du soleil ; tu croyais que je dormais, n'est-ce pas? Eh bien, non ; je t'ai vue te lever, prendre tes sabots à ta main, et sortir doucement de ma chambre. A mon tour, je suis sorti de mon lit, et t'ai suivie ; tu t'es glissée le long de la petite cour, et le fils de Mathurin était là, qui t'attendait, tapi dans un coin et tout tremblant. — Oh ! c'est bien vrai, mon père. — Vous avez répété vos sermens accoutumés. — Oh ! c'est bien vrai. — De vous aimer toujours. — Toujours ! — Et je me disais : Ces bons enfans se promettent là plus qu'ils ne peuvent se tenir ; car les méchans s'y opposeront, et je pleurai. Grand-Pierre, en te faisant ses adieux, t'a pris les mains ; tu lui as rendu ses caresses. Il a mis à ton doigt un anneau d'or, qu'il t'a prié de porter pour l'amour de lui. — Le voilà, mon père. — Il t'a remis ensuite une belle boucle à pierres, pour attacher ta ceinture ; toi, tu lui as donné un ruban qu'il a serré dans son sein, et vous vous êtes quittés. — Oh ! oui, oui, tout ça est bien comme vous le dites.

Alors, moi Jeanne, de pleurer comme

I 2

un enfant, et de promettre à mon père
(non de ne plus aimer Grand-Pierre,
cela m'eût été impossible), mais de ne
plus le recevoir, et Jean parut satisfait
de sa fille.

Il y avait déjà sept à huit mois que
nous vivions, Grand-Pierre et moi, dans
la contrainte, sans oser nous aborder ni
nous parler ; mais pour cela nous ne per-
dions rien de notre amour. Grand-Pierre
changeait à vue-d'œil, et moi je dépé-
rissais. Nous ne nous voyions plus que
les dimanches et fêtes à l'église. Nos regards, tout le tems de l'office, demeu-
raient tellement attachés l'un sur l'autre,
que nous conservions l'assurance que nos
cœurs étaient toujours les mêmes.

Dans ce tems, un loup d'une prodigieuse grandeur ravagea le pays. Le seigneur promit un prix assez considérable
pour celui qui en débarrasserait le can-
ton. Chacun se mit à sa poursuite, mais

sans pouvoir réussir. Ce maudit loup trompait tous les chasseurs, et les mettait sur les dents. On ne savait à quel saint se vouer ; chacun fesait son histoire sur le loup. Les uns disaient que c'était une hyène ; un autre, que c'était l'ame d'un méchant qui revenait. Un troisième croyait que c'était le diable qui avait pris cette forme pour peupler de sujets son noir séjour. Enfin, je ne finirais pas si je voulais vous dire tout ce qu'on racontait sur cette vilaine bête. Qu'il vous suffise d'apprendre seulement que le fils de Mathurin se fourrant dans la tête la plus bizarre idée, entreprit de me voir, de me parler, à la faveur d'un déguisement qui le ferait prendre pour le loup-garou.

Un dimanche, au sortir de vêpres, il me fit des signes que je ne pus comprendre. Dans la crainte d'être observée, je ne fis rien pour en savoir davantage.

3

Le lendemain lundi , on tenait la veillée chez Marthe ; j'étais entre ses filles, occupée à coudre. On avait parlé du loup qui avait enlevé un petit garçon. On causait aussi de revenans ; et comme nous parlions presque tous à-la-fois , on fut quelque tems avant que d'entendre un bruit qui imitait assez le mugissement du taureau. A la fin , ce bruit nous frappa tous presqu'à-la-fois , et nous demeurâmes dans un profond silence pour écouter. On ne voyait rien paraître ; mais le tapage continuait : il augmentait même , quand tout-à-coup une partie de l'assemblée rompt la veillée , et s'enfuit en poussant des cris affreux. Je retourne la tête , et je vois un loup s'avancer vers moi. Effrayée , je tombe évanouie. Je crois que je ne fus pas long-tems dans cet état ; mais quand je revins à moi , je me trouvai entre les pattes du loup , et abandonnée de toutes mes compagnes.

O surprise qui tient du prodige ! dès que j'eus entr'ouvert les yeux, j'entendis sortir de la gueule énorme du monstre une voix d'homme singulièrement adoucie. — Pardon, Jeanne, de la peur que je t'ai faite ; je suis Grand-Pierre, qui ne peux vivre plus long-tems sans te répéter qu'il t'aime toujours. Remise de ma frayeur, je l'assurai de ma constance, et l'invitai à se retirer bien vîte. Comme Pierre songeait à me quitter, Marie, moins poltronne ou plus avisée, desirant s'assurer si j'étais mangée du loup, ce dont elle n'aurait pas été fâchée, fixa son œil sur le trou de la serrure, et surprit le loup qui m'embrassait (*). Elle ne dit mot pour le moment ; et feignant de n'avoir rien vu, Marie dissimula, pour me porter un coup plus certain.

Le prétendu loup s'étant éloigné,

_____

(*) C'est sur cette aventure que *le Prieur* a composé sa romance.

4

Marie, qui guettait sa sortie, en avertit tout le monde. On rentra, non pas sans inquiétude, non pas sans quelques contusions reçues dans le moment de la première terreur. A peine osait-on s'envisager; on ne reprit point l'ouvrage, et le reste de la soirée fut passé dans la crainte.

On sut bientôt que Grand-Pierre était le loup de la veillée, et l'on faisait courir le bruit qu'il avait pris cette mascarade pour enlever la fille à Jean. Mon père, auquel on ne le cacha point, en fut très-offensé. On se garda bien d'en parler aux amans, et l'on convint d'attendre que le loup se présentât de nouveau, pour lui faire perdre à jamais l'envie d'effrayer davantage.

L'espoir de Marie ne fut point trompé. Je tenais la veillée. Les jeunes garçons et les filles s'étaient rassemblés chez mon père. Au moment où l'on dansait une ronde, apparaît un loup d'une stature encore plus monstrueuse que celle du premier, dont l'aspect imprévu avait jeté la consternation, huit jours avant. Nous étions, Grand-Pierre et moi, dans une extrême sécurité. Il comptait bien sur un nouveau succès de sa ruse. Quel fut notre étonnement! on le laisse s'avancer; on ouvre le rond, et aussi-tôt on le referme sur lui. Chacun a son rôle, et ne le joue que trop bien. On lui fait mille niches. Les uns le pincent; les autres à grands coups de pieds se le renvoient : j'étais désolée. Grand-Pierre cherche en vain à inspirer de la terreur par ses longs mugissemens; on était aguerri; personne ne fuyait. Jean avait disparu, mais pour revenir, l'instant d'après, armé d'un gros gourdin, dont il appliqua une si rude volée sur le dos du prétendu loup-garou, que celui-ci, renonçant à ses hurlemens accoutumés, ne fit plus entendre que des cris plaintifs et douloureux, qui me déchirèrent l'ame, et qui divertirent l'assemblée. Marie riait aux éclats de mon supplice.

Après cette correction, mon père protégea la sortie de Grand-Pierre, en lui signifiant que s'il osait encore se représenter, et sur-tout avec une peau de loup, il serait moins indulgent ; qu'il ne se contenterait point de lui frotter les épaules avec un bâton ; qu'il le recevrait à coups de fusil, et lui casserait la tête.

Je ne pouvais pardonner cet indigne procédé à mon père. Quand nous fûmes seuls, je lui adressai les plus durs reproches ; j'étais vraiment outrée et contre lui, et contre la perfide Marie, qu'il m'apprit être la cause de l'événement, par ses méchans propos. — Il fallait que je me conduisisse ainsi, ma fille, pour ton honneur et pour le mien. Le père de Grand-Pierre continue de nous mépriser, répand que tu es la maîtresse de son fils :

j'ai voulu lui prouver, et d'une manière
certaine, que ma fille n'était pas une
infâme, et, pour cette fois, il ne saurait
avoir de doute à cet égard. Crois-moi ;
essuie tes larmes, et ne me parle plus de
cela. Un autre père aurait jeté le fils de
Mathurin par les fenêtres, pour sa belle
invention. Sa faute était publique ; il fallait bien que sa correction le fût aussi.

Cette aventure fit grand bruit dans le
village ; Mathurin fut un des premiers
qui l'apprit ; mais au lieu d'en vouloir à
mon père, et de plaindre son malheureux fils, il rit au contraire comme un
fou, quand on lui raconta comment la
scène s'était passée.

Quelques jours après, Mathurin en-
voya son fils passer une année chez son
frère, qui habitait une province à plus
de cinquante lieues d'ici, se flattant,
qu'absent de moi, Grand-Pierre m'ou-
blierait.

Je fus si désolée, lorsque mon amoureux se rendit chez son oncle, que je
tombai dangereusement malade. J'étais
jeune ; la nature fit plus que les remè-
des, et l'on regarde comme un miracle
que je m'en sois bien tirée. Mais je con-
servai long-tems ma grande mélancolie ;
ce qui détermina mon père à me placer
chez madame de Belval, en qualité de
berceuse. Il espéra que mon nouveau
genre de vie me guérirait entièrement
de ma passion.

Il faut vous faire connaître madame
de Belval ; c'était une dame encore jeune,
belle, riche et bonne par-dessus tout. Son
mari avait acheté depuis peu la seigneurie de notre village.

Madame de Belval accoucha d'un garçon, seul fruit de dix années de mariage. Elle voulut nourrir elle-même cet
enfant ; elle l'idolâtrait. Il lui fallait une
berceuse, et je fus préférée à toutes celles

qu'on lui présenta, à cause de mon extrême douceur.

Nous causons depuis long-tems, ma
chère dame, dit Jeanne en interrom-
pant son récit. Notre lampe va s'éteindre ; il doit être bien tard. A peine sa
lumière pourra-t-elle nous éclairer jusqu'à ce que nous soyons déshabillées. En
se quittant, elles se souhaitèrent une
bonne nuit.

HUITIÈME SOIRÉE.

Jeanne, remplie de soin pour madame
de Panor, avait fait cuire sous la cendre
une galette dont il fallut bien manger
avant que de commencer la soirée, ou
plutôt la veillée. Ophelle en goûta par
complaisance, car elle avait peu d'appétit, et remercia l'excellente Jeanne de
son attention.

La colation achevée, elles prennent en main leurs quenouilles, et se rangent autour de la petite table. Notre conteuse achève sa narration de la veille.

Vous devez vous rappeler que je suis chez madame de Belval en qualité de berceuse. Je la charmais par mes dispositions en tous genres ; je profitais à merveille des leçons qu'elle me donnait, en apprenant avec facilité mille jolis petits travaux de femmes, et me formant de mon mieux à mon service auprès d'elle. Je lui plaisais bien plus encore par mes complaisances et mes soins pour son enfant. Elle était si bonne cette madame de Belval, qu'il fallait avoir un bien malheureux caractère pour ne pas la contenter. J'obtins en peu de tems sa confiance et même son amitié. Mon air mélancolique l'intéressait ; et comme je ne lui en avais pas laissé ignorer la cause, bien souvent elle me questionnait avec sa bonté ordinaire sur l'état de mon cœur. Hélas ! mon cœur, il restait constamment affligé, et je souffrais comme au premier jour d'absence de Grand-Pierre.

Quand ma maîtresse me voyait plus triste que de coutume, elle me disait : Eh quoi ! Jeanne, toujours un air sombre ? Allons, ma fille, de la gaieté ; tu réfléchis plus qu'il ne convient à ton âge. Entre tes mains, mon fils deviendrait de trop bonne heure un Caton : je ne veux pas cela. Jeanne, il ne faut jamais désespérer de la providence : elle est plus sage que nous, sait mieux ce qu'il nous faut que nous ne le savons nous-mêmes. De la patience seulement. Je ne sais quoi m'avertit qu'un jour tu pourrais bien être heureuse. De grace, sois donc plus gaie : je te le demande en mon nom, au nom de mon fils, ou.... ma foi, je n'y tiendrai plus ; je pleurerai avec toi.

Depuis que j'habitais le château, j'a-

vais fait plusieurs conquêtes. Un domestique de monsieur et le cocher de madame m'avaient déclaré leur amour ;
mais je m'étais bien gardée d'en faire part
à mon père , dans la crainte qu'il ne me
conseillât d'accepter l'un des deux pour
époux ; ce que je ne voulais pas , quoique
je n'eusse aucune espérance de mariage
du côté de Grand - Pierre.

Il y avait dix mois que j'étais au château , lorsque deux parentes de madame
vinrent de Paris pour y passer quelques
jours ; c'était à qui imaginerait des plaisirs et des fêtes , auxquels on invita
tout le voisinage. Ces dames ne devaient
rester que huit jours; leurs affaires les
rappelaient dans la capitale. Monsieur et
madame de Belval , qui leur avaient pré-
paré des divertissemens nouveaux , les
engagèrent avec instances à demeurer
trois jours de plus ; elles cédèrent enfin aux sollicitations de l'amitié , malgré

certains pressentimens inexplicables, dont il leur était impossible de se rendre raison.

La veille de leur départ on leur donna une dernière fête : rien n'y manqua ; elle fut complète ; tout le village y fut invité, et chacun put en prendre sa part. Les dames obligées de retourner à Paris le lendemain, il fut arrêté qu'on se coucherait de bonne heure. Effectivement, avant minuit tout le monde était profondément endormi, et le château, où il y avait eu tant de mouvement toute la journée, ressemblait alors à un séjour enchanté, où d'un coup de baguette une fée ferait régner le plus profond silence.

J'étais dans mon premier sommeil, lorsque j'en fus tirée par un bruit assez singulier, semblable à celui d'une petite scie : je prêtai l'oreille ; tout était calme : je crus donc que j'avais rêvé, et je cherchai de nouveau à me rendormir. Un quart-d'heure après, il me sembla que

j'entendais des sons plaintifs, et quelque
chose de très-lourd tomber non loin de
ma chambre. Je me levai sans lumière ;
j'entr'ouvris ma porte, qui donnait sur
un corridor, et demandai qui va là ?
Voyant qu'on ne me répondait pas, et
qu'aucun bruit pour-lors n'interrompait le silence qui régnait par-tout, je
me remis au lit. J'y étais à peine, que
j'entends un fort coup de sonnette ; il me
fait tressaillir. Cette sonnette, qui répondait à mon chevet, était celle de la
chambre à coucher de madame. Par un
mouvement machinal, je courus à la bar-
celonnette du petit de Belval, et l'empor-
tai, lui dormant, derrière un tas de bois
rangé dans un petit cabinet noir attenant
ma chambre.

Je bas le briquet, et sors pour me rendre auprès de madame. A peine dans le
corridor, je crois apercevoir une ombre
qui se glisse le long de la muraille, et

s'échappe au détour de l'escalier. Je sus-
pends ma marche pour regarder ; je ne
vois plus rien : j'avance, et je sens sous
mes pieds quelque chose de dur. Je me
baisse pour reconnaître l'objet contre lequel je me suis heurtée.... O Dieu !....
c'était la poignée rompue de l'épée de
monsieur : je frémis.... Retournerai-je
sur mes pas, ou bien avancerai-je ? J'hésite.... Il faut cependant prendre un parti.
Je fais un pas en avant ; mon pied glisse ;
je chancelle ; mais j'étais près du mur :
je ne tombe point. Ciel ! des traces de
sang..... Un peu plus loin, un corps
étendu sans mouvement.... Je ne respire
plus ; je m'arrête, pleine d'effroi. Un cadavre en ce lieu !.... le cadavre d'un inconnu ! Comment est-il là ? Je l'ignore.
Je veux crier ; je ne me trouve plus de
voix. La sonnette que, de nouveau, l'on
agite avec violence, et dont le bruit retentit longuement à mon oreille, achève

d'égarer mon imagination. A la fin, mon courage se ranime ; je fais un dernier effort, et je cours sans regarder, ni à mes côtés, ni derrière moi, dans la crainte d'entrevoir de nouveaux objets d'épouvante : j'arrive enfin à la porte de madame de Belval.

J'entre. Quelle horreur !.... J'ai vu ce spectacle, et j'y ai survécu ! Ma maîtresse était sur son lit, un bras encore tendu vers sa sonnette, la poitrine découverte, ensanglantée, et frappée de plusieurs coups. A terre.... j'aperçois une de ses mains que les monstres avaient hachée. Madame de Belval, sans connaissance, évanouie, respirait encore. Je rappelle toutes mes forces, et vîte, plus prompte que l'éclair, arrachant le fichu de mon cou, je le déchire, et je bande les plaies de cette victime intéressante.

Je finissais, lorsque je vis entrer trois hommes dont les figures sinistres ne

m'annoncèrent que trop leur atroce pro-
fession. L'un d'eux voulut m'abattre la
tête d'un coup de sabre ; un autre l'arrêta, et lui dit, que le seigneur persistant
à ne pas déclarer son trésor, peut-être
tireraient-ils meilleur parti de moi ; que
je n'avais pas le même intérêt à le leur
cacher. — Allons, dit le troisième en
me saisissant d'un bras vigoureux ; allons,
coquine, et dépêche-toi. Dis-nous où
sont les trésors de tes maîtres, si tu ne
veux être sur l'heure mise en pièces
comme les autres ? parle. — J'étais plus
morte que vive ; je ne pouvais rien articuler. — Eh bien ! nous diras-tu où est
l'argent ? — Je.... je.... l'ignore.... fut la
seule phrase que je parvins à balbutier.
— Oh ! il faudra bien que tu nous dises
où il est caché ! Dans le sécretaire, nous
n'avons trouvé qu'un sac de cent pistoles
et quelques louis ; nous savons qu'ils ont
reçu une assez forte somme d'argent ;

qu'en ont-ils fait ? Parleras-tu, malheureuse ? Je pleurais, et j'étais trop saisie
pour leur répondre. — Tu t'obstines donc
à ne pas nous dire où est l'argent? Où
sont les bijoux ? Il n'y a qu'à la tuer,
puisqu'elle nous est inutile. Je joignis les
mains, car il ne me restait plus assez
de force pour employer un autre genre
de supplication. Attachons-lui les bras
derrière le dos, ajoute le plus féroce,
et descendons-la au brasier. A ce mot
de brasier, mon sang reflue vers mon
cœur avec une extrême rapidité ; et sans
doute que je perdis l'usage de mes sens,
puisque je ne me sentis point descendre
le grand escalier ; mais en revenant à
moi, ce qui me frappa d'abord, ce furent
des gémissemens qui me pénétrèrent jusqu'à l'ame. J'ouvre les yeux : oh! quel spectacle épouvantable et déchirant ! Dieux !
mon malheureux maître en bonnet de
nuit, en chemise, garrotté sur un fau-

teuil et devant un brasier ardent, que
deux scélérats, occupés à lui griller la
plante des pieds, soufflaient continuellement pour en redoubler la violence.
Durant cette atroce question, un troisième, moitié par ses menaces, moitié
par la promesse de suspendre ses cui-
santes douleurs, travaillait à lui faire
avouer le secret de son prétendu trésor.
Dans ses souffrances inouies, mon infortuné maître, vaincu par la douleur, con-
fessait avoir des richesses qu'il n'avait
point, et qu'il n'avait jamais eues : au
milieu de ces tortures, on l'aurait fait
convenir d'un crime qui ne lui serait pas
même venu un moment dans la pensée.

Deux hommes, que je n'avais point encore vus, entrèrent dans le salon, en
poursuivant un domestique de la maison. Le nommé Picord voulut m'arracher
des mains de ces monstres ; mais on lui
cassa la tête d'un coup de pistolet ; il

vint tomber aux pieds de son maître, et
y rendre le dernier soupir.

Cette scène horrible acheva de m'ôter
l'usage de la raison : je ne voyais plus; je
ne sentais rien , et ce fut un bonheur
pour moi. Cet état d'anéantissement me
déroba toutes les horreurs du supplice
que ces barbares me préparaient. Il me
reste pourtant une idée confuse que je fus
attachée sur un siége, et même traînée
vers le fatal brasier. Durant ces sinistres
apprêts, je croyais entendre un tintement
extraordinaire , qui semblait m'annoncer
ma dernière heure. J'ai su depuis que
c'était le tocsin que l'on faisait sonner
dans tout le village. J'ignore combien
de tems je suis restée dans cet anéantissement; car, pour cette fois, il fut total :
j'avais perdu toute connaissance.

Quand je revins à moi, je me trouvai
dans mon lit, mon père et une de mes
amies à mes côtés. J'eus beaucoup de

peine

peine à rasseoir assez mes esprits, pour me souvenir des faits qui s'étaient passés sous mes yeux. Ce ne fut que peu-à-peu ; ma mémoire trop affectée ne se rappelait plus rien. Je voulus questionner mon père et mon amie Claudine ; ils me firent signe tous deux de me taire : les ordres les plus rigoureux avaient été donnés de m'empêcher de parler.

Malgré l'extrême faiblesse de mes organes, le petit de Belval me revint en idée, et je suppliai mon père de l'aller retirer de l'endroit où je l'avais déposé. Il courut le chercher, me le fit voir un moment, et le remporta aussi-tôt, crainte qu'il ne me causât trop d'émotion. Je demandai des nouvelles de sa mère, de ma bonne maîtresse. Quand on m'eut dit qu'elle allait aussi bien que son état le permettait, je cessai de questionner : je redoutai d'apprendre des choses trop fu-

K

nestes, et je fus docile aux ordonnances
du médecin.

Au bout de onze jours, je me trouvai
en état de me lever et d'entendre le récit
de ce qui s'était passé pendant mon évanouissement, qui, sans doute, avait été
causé par deux blessures (autant que par
la peur que m'avaient faite les assassins),
l'une au bras gauche, et l'autre au-dessous
du sein droit.

Ici Jeanne s'arrête. Si je remettais,
dit-elle, un peu d'huile dans notre
lampe ? Je vois que nous nous couche-
rons plus tard que de coutume. Je ne demande pas mieux, répondit Ophelle ; aussi
bien je sens que je ne pourrais dormir....

Jeanne continue. — Je tiens les détails
suivans de mon père :

Le soir de la fête qui fut donnée au
château, comme chacun était fatigué,
on ne prit point les précautions ordi-

naires en fermant les portes. Deux coquins s'étaient glissés dans les charmilles ;
et quand une fois ils jugèrent tout le
monde endormi , ils ouvrirent à douze
des leurs , qui vinrent les aider à dévaster
le château. Des voitures étaient aux portes
pour emporter les effets , à mesure qu'elles
en étaient chargées. Ces chauffeurs (c'est
sous cette dénomination qu'ils étaient
connus), ces chauffeurs avaient rompu
une barre de fer du petit office qui conduit à la salle à manger ; de la salle à
manger , ils sont entrés dans le vestibule ;
de là ils ont gagné l'escalier qui conduit
au corridor des chambres à coucher.

L'appartement des cousines de madame
de Belval s'est trouvé le premier sur leur
passage : ils ont volé et égorgé madame
Hamont. Madame de Saint-Prix, sa sœur,
effrayée, s'est enfuie dans les jardins, où
elle a été assommée à coups de bûche.
M. de Belval, appelé par les cris des vic-

times, s'est levé, a ouvert sa porte ; et
s'élànçant avec courage dans le corridor,
pour donner des secours à qui pouvait en
avoir besoin, a rencontré un de ces scélérats, qui l'a frappé de son sabre. A son
tour, M. de Belval a poursuivi l'assassin,
et d'un coup d'épée l'a étendu sans vie à
ses pieds. Il a bientôt succombé sous le
nombre, son arme s'étant brisée dans
ses mains. Je ne vous raconterai pas jusqu'à quels excès ces monstres portèrent
le crime. Ils se servirent de mille tourmens pour forcer M. de Belval à leur dé-
couvrir le lieu qui renfermait ses richesses ; richesses qui n'existaient, comme
je vous l'ai dit, que dans leur imagination. Qu'il vous suffise de savoir que mon
malheureux maître n'a pu résister à un
traitement aussi barbare, et qu'il expira
dans des tortures inouies. Moi-même,
j'étais au moment d'être immolée, quand
tout le village, appelé par le tocsin, a

fait prendre la fuite à la bande scélérate,
et a délivré de leurs fureurs ma maîtresse,
son enfant, le cocher, la femme-de-
chambre, deux domestiques et moi. Le
reste a été victime de ces misérables.

C'est par le plus grand hasard du
monde que l'on est accouru à notre secours, car le tocsin n'avait point sonné
pour le château, mais bien pour la ferme,
où le reste de la troupe faisait ses ravages. Un des garçons de charrue vit les
voleurs se saisir de Mathurin, le jeter
lié et garrotté dans sa cave. Ce fidèle
serviteur, dans l'impuissance de défendre
son maître, trouve le moyen de s'éva-
der, et d'aller bien vîte à la paroisse :
il sonne le tocsin, et jette l'alarme, l'é-
pouvante dans tous les cœurs. A ce bruit
inattendu, les paysans se lèvent, s'ar-
ment de fourches, de bâtons, de tout ce
qu'ils rencontrent sous leurs mains, et
courent à la ferme. Mon père arrive assez

3

tôt pour sauver Mathurin, qu'un des coquins étranglait avec une corde.

La ferme touche au château : les portes en étaient ouvertes; et comme les paysans virent des voitures chargées de meubles, ils ont des soupçons, et entrent.... Quel spectacle horrible! ils rencontrent à l'entrée du jardin le cadavre de madame de Saint-Prix; un peu plus loin, ceux du valet-de-chambre, celui du cuisinier et de deux des assassins. Dans le salon, M. de Belval rendait les derniers soupirs; Picard était sans vie, étendu à ses pieds, et moi, dans un état peu différent du leur. Les chirurgiens convinrent que madame de Belval aurait perdu la vie, si je n'avais pas conservé assez de force pour lui attacher des ligatures.

Le dégât fait dans le château était considérable, mais ne ruinait pas madame de Belval. Son fermier perdait tout; la ferme avait été entièrement dévastée. Ces

brigands, qui infestaient le pays, s'é-
taient réunis au nombre de vingt-deux
pour cette expédition. On en arrêta sept,
et on leur fit subir le supplice qu'ils
méritaient ; les autres échappèrent aux
poursuites de la justice, quelque diligences qu'on ait pu faire pour les dé-
couvrir.

Ce déplorable événement jeta dans
l'âme de tout le monde une longue terreur. On regretta beaucoup M. de Belval
et ses malheureux compagnons d'infortune.

Depuis cette désastreuse aventure du
château, madame de Belval, qui sut
qu'elle m'avait obligation de la vie, me
prit dans la plus tendre affection. A chaque instant elle me donnait de nouveaux
témoignages de sa reconnaissance. Le
père de Grand-Pierre, par la même raison, s'était raccommodé avec Jean, et
même lié intimement avec lui ; il n'a-

4

vait qu'un regret, celui de n'avoir plus
la même fortune à m'offrir avec la main
de son fils, qui m'aimait toujours, et
que je n'avais pas cessé d'aimer. Madame
de Belval, la sensible et reconnaissante
madame de Belval, répara tout. Elle passa
un nouveau bail, et à bien meilleur
compte, au père de mon amant ; me
fit un contrat de huit cents livres de
rente ; y joignit un magnifique trousseau,
et nous maria, à la grande satisfaction
des deux familles. Mathurin n'a vécu que
peu d'années depuis le vol de la ferme.
Quelque tems après sa mort, madame
de Belval vendit sa terre, ayant pris en
aversion un endroit qui lui rappelait trop
vivement la perte d'un mari tendrement
aimé d'elle, et qui méritait de l'être.
Maintenant fixée à Paris, elle est heureuse du bonheur de son fils, qu'elle a
aussi marié. Je ne manque jamais d'aller
les voir au moins une fois chaque année.

Tant qu'a vécu mon cher Grand-Pierre, je puis dire que de toutes les femmes j'ai été la plus heureuse. Il y a bien dix ans que j'ai eu le chagrin de le perdre. Il m'a laissé deux garçons et trois filles ; j'ai déjà doté quatre de mes enfans ; tous cinq sont d'excellens sujets, et gagnent loyalement leur vie. Je ne suis pas riche, parce que j'ai beaucoup d'enfans ; mais comme ils sont bons, qu'ils respectent et aiment bien leur mère, j'ai dans ce monde de grandes consolations. Laure est le dernier enfant que Dieu m'ait accordé. Il y a quatre ans que j'ai perdu le meilleur des pères, qui, je puis le dire, ne m'a causé de peine dans toute sa vie, que lorsqu'il rossa Grand-Pierre, et le jour qu'il quitta sa fille, pour aller recevoir la récompense éternelle due à ceux qui n'ont fait que du bien sur la terre.

Jeanne cessa de parler, et essuya quel-

5

ques larmes que lui avaient fait répandre de si tendres souvenirs..

Ma jeune amie la remercia de sa complaisance ; mais se sentant trop affectée par tout ce qu'elle avait entendu, elle pria son hôtesse de vouloir bien lui tenir compagnie jusqu'au retour du soleil. L'histoire des voleurs avait fait une forte impression sur l'esprit de madame de Panor ; elle n'osa se mettre au lit, l'ame encore remplie de terreur. La bonne Jeanne voulut bien veiller avec elle, et attendre les premiers rayons du jour. Alors Ophelle se coucha jusqu'à l'heure du dîner, et perdit, dans un parfait repos, tout souvenir de ce qui l'avait vivement agitée.

Fin des huit premières soirées qu'Ophelle passa chez Jeanne.

Depuis son séjour chez la mère de Laure, Ophelle avait plusieurs fois donné de ses nouvelles à son cher comte ; aucune réponse ne lui parvenait. Lui suis-je, se disait-elle à chaque instant, lui suis-je devenue odieuse depuis mon inconstance forcée ? Il y avait déjà plus de trois semaines aussi qu'elle n'entendait parler de Laure, ce qui l'inquiétait extrêmement, quand un après-midi Laure entre chez sa mère. Ophelle lui saute au cou ; mais au lieu de la voir répondre gaiement à ses caresses par les siennes, celle-ci fond en larmes, et se trouve mal. On eut beaucoup de peine à la faire revenir : on la crut morte, ou pour le moins mourante. La connaissance lui étant revenue : Ne perdez pas un instant, dit-elle à madame de Panor ; rendez-vous tout de suite à Paris ; votre belle-mère se meurt ; elle n'a plus qu'un desir, celui de vous voir encore une fois avant d'expirer.

6

Ophelle nous a avoué bien des fois, avec son ingénuité naturelle, que sa belle-mère lui avait inspiré un tel éloignement, que si Laure ne l'eût comme arrachée de chez la bonne Jeanne, par ses prières et ses pleurs, elle ne serait point partie pour se rendre auprès de madame de Pelverde ; qu'elle l'aurait laissée mourir, sans lui accorder la consolation qu'elle desirait d'elle.

Malgré sa presqu'invincible répugnance, Ophelle se met en route. Pendant le voyage, on imagine bien que cette sensible amante fait mille questions relatives à son cher d'Eloncour ; mais c'est en vain qu'elle interroge et qu'elle veut qu'on lui réponde avec précision : Laure lui tient les discours les plus singuliers ; elle ne lui débite que des maximes d'une morale lugubre et sinistre : sans cesse elle lui répète que les biens les plus précieux de ce monde sont les plus périssables ; qu'on ne doit point y mettre toutes ses complaisances , toutes ses affections : et puis elle pleure , ou un morne silence succède à ses conseils. Ophelle est loin de soupçonner le sujet de ses larmes. Son cœur le devine plutôt que son esprit , car elle tombe dans une mélancolie profonde. Son ame est enveloppée d'un noir pressentiment. A mesure qu'elle approche de Paris , son sein s'oppresse et se serre davantage.

Les voilà chez madame de Pelverde. Ophelle apprend qu'elle a la petite vérole : Laure lui en avait fait un secret , et je ne sais pourquoi , puisque , ayant eu cette maladie , Ophelle ne pouvait la craindre encore. Elle entre dans la chambre à coucher de sa belle-mère. Dieu ! quel tableau imposant et terrible ! on l'administrait. Un prêtre récitant des prières , les flambeaux , le silence auguste , religieux qui régnait dans l'assemblée, ce douloureux spectacle lui fit une impression qu'elle m'a dit lui être toujours demeurée présente.

Après cette triste cérémonie, Laure s'approcha de la mourante, et lui dit : — Votre belle-fille est ici. — Hélas ! reprit madame de Pelverde d'une voix presqu'éteinte, je pardonne à tous ceux qui m'ont offensée ; mais je ne me pardonne pas mes crimes. J'en ai tant commis envers vous, Ophelle !... Ophelle, approchez, que je vous voie encore une fois. Que vous devez m'en vouloir ! J'ai causé tous vos malheurs ; j'ai dissipé les biens de votre père. Mon impitoyable jalousie eut pour vous des effets effrayans ; vous avez été la victime de mes odieuses manœuvres : je vous ai trompée en vous obligeant à donner la main à celui que vous détestiez ; je me flattais d'épouser le mortel, objet de toutes vos tendresses, et qui vous adorait. Vous étiez ma ri-

vale : je vous ai trahie. . . . La lettre que
je vous disais être de votre père , elle
était supposée. A cet aveu , involontairement Ophelle recula quelques pas en
arrière. Madame de Pelverde s'en aperçut. — M'en voilà certaine , reprit-elle ,
vous ne me pardonnez pas ; cet effort
est au-dessus de vos forces : je ne me ré-
concilierai ni avec vous , ni avec moi-
même. Je meurs la conscience bourrelée
de remords. O vous, Ophelle , vous dont
l'ame est si pure , votre mort ne sera
pas terrible comme la mienne. Il me faudrait un courage que je suis loin d'avoir,
ou un cœur plus innocent , pour mourir
sans effroi. . . . Le voyez-vous ce spectre
menaçant qui se tient droit au pied de
mon lit ?. . . . il m'attend !. . . . c'est le
malheureux comte, continua-t-elle en
élevant ses yeux (qu'une forte convulsion
faisait tourner de tous côtés). Comte ,
j'ai abrégé tes jours par les tourmens

que je t'ai fait souffrir. Tu m'en as punie
en mettant en moi un principe de mort.
Je te suis... mais non plus pour être
ta furie. Me voilà sans.... haine.... et
sans amour.... je meurs.... Elle expira.

Quels mots a-t-elle proférés ! Ciel ! le
comte serait mort ! s'écrie mon amie
toute en pleurs. Voilà, voilà donc l'ac-
complissement funeste de ce songe ef-
froyable !... Laure ne lui répond que
par ses sanglots, qui lui en apprennent
assez. Elle perd connaissance. Privée to-
talement de sa raison, elle se livre à
toutes sortes d'extravagances. Son désespoir ensuite se change en stupide douleur. Elle eut pourtant un moment lu-
cide, dont Laure profita pour lui faire
le déplorable récit de la fin du comte
d'Eloncour. Instruite qu'il avait la petite vérole, madame de Pelverde était
accourue chez lui pour s'emparer de son
chevet. Dès ce moment, elle ne le quitta

plus , et lui prodigua ses soins. Elle es-
pérait que tant de preuves d'amour lui
gagñeraient le cœur du comte. Il était
sans danger à son arrivée; mais bientôt
la maladie prit un caractère funeste , et
le malade se trouva au plus mal , immé-
diatement après que sa furie , question-
née par lui sans cesse , croyant calmer
le comte , l'intéresser par son repentir,
et ne pouvant éluder de lui répondre ,
eut l'imprudence , la trop cruelle imprudence de lui faire le plus funeste des
aveux. Il sut tous les détails de votre
mariage ; et dès le même soir, le médecin avertit qu'il n'y avait plus d'espérance. M. d'Eloncour mourut le septième jour de sa petite vérole. Madame
de Pelverde en fut frappée mortellement
la semaine suivante. Ce fut en vain que
les médecins employèrent leur art pour
rafraîchir un sang brûlé et appauvri :
ils ne parvinrent point à la sauver : elle

périt entre leurs mains le seizième jour
de sa maladie. A la petite vérole s'était
jointe une fièvre putride.

Tant que dura le récit de Laure ,
Ophelle lui prêta une grande attention :
elle dévorait ses paroles , et ne pleurait
point : la source de ses larmes était tarie.
Ophelle ne s'est point rappelée que depuis elle ait jamais répandu des pleurs
dans les peines qui lui sont survenues.
Un chagrin que l'on concentre en soi ,
et qu'on ne peut soulager en pleurant ,
est , par l'oppression , le serrement de
cœur qu'on éprouve , de tous les tourmens le plus insupportable.

Elle témoigna desirer qu'on la menât
au tombeau qui renfermait le comte.
Laure eut la complaisance de l'y conduire ; mais elle s'en repentit bien : il
s'en fallut peu qu'Ophelle , la trop désolée Ophelle n'expirât sur la froide tombe
de son amant. Laure , cette fille si sen-

sible, l'en arracha. Madame de Panor
n'était plus à elle. Les yeux égarés, brû-
lée d'un feu qui la dévorait, on la reconduisit dans la maison de madame de
Pelverde : on la mit au lit, et, dès le
soir, le médecin déclara qu'elle avait une
fièvre maligne ; que la maladie serait
fort orageuse.

On écrivit à M. de Panor, toujours au
Château noir, et dans le chagrin, depuis
que sa femme en avait fui. Informé par
son fermier de la marche de madame
de Panor, et n'étant que trop certain
de l'éloignement invincible qu'elle avait
pour lui, il n'osa pas la faire poursuivre :
sûr de l'asile qu'elle s'était choisi, il se
flattait que le tems, la raison et la douceur pourraient un jour la lui ramener.
Mais comme il se trompait! Les circonstances les plus malheureuses en décidè-
rent autrement. A peine fut-il instruit de ce
qui se passait de nouveau, qu'il ne tarda

pas à se rendre auprès de sa femme. Mais
quelle dut être sa cruelle position, lorsqu'informé de tant de catastrophes survenues en aussi peu de tems, il put réfléchir, et reconnaître qu'il en était seul
l'auteur ! On l'éloignait d'Ophelle sous
différens prétextes. La présence de M.
de Panor redoublait son mal : elle entrait
dans des fureurs qui lui devenaient de plus
en plus funestes. Hélas ! ma jeune amie
approchait de son heure suprême, et
sans regret : elle m'a dit même qu'elle
éprouvait une douceur, un charme secret
à mourir. Enfin, la septième nuit de sa
maladie, elle tomba dans un tel danger,
que l'on appela les secours de l'église.
Selon les apparences, elle ne devait pas
aller au surlendemain ; tout le monde se
désolait autour d'elle : mon amie voyait,
entendait tout, mais ne pouvait ni parler,
ni faire aucun signe. Sur les deux heures
du matin, il lui prit une violente crise

qui la fit passer pour morte ; mais cette crise la sauva. Vous savez, madame, qu'à la suite de sa fièvre maligne, Ophelle est demeurée privée sept ans de l'usage de sa raison ; vous n'ignorez pas non plus qu'elle fut conduite la troisième année de sa folie, avec sa fidelle Laure, au couvent de Monbuisson, où je suis. J'ai été témoin de ses soins pour madame de Panor ; je dis plus, de sa tendresse. J'ai connu aussi le genre d'aliénation d'Ophelle. Elle élevait tous les jours dans son appartement, ou dans les jardins, un mausolée de gazon au comte d'Eloncour ; et, persuadée qu'il y était enfermé, elle lui parlait sans cesse, et le couvrait de fleurs. Je vous ai répété cent fois, madame, que sa folie était déchirante : vous vous rappelez sans doute que c'est cette folie même qui lui a valu l'intérêt tendre que j'ai pris à ses malheurs et au retour de sa raison : voici comment je fis connaissance avec Ophelle.

Depuis près d'un mois, on ne s'entretenait, dans mon couvent, que d'une jeune insensée, dont chacun racontait quelque trait de démence. On la plaignait, ou l'on s'en moquait ; car il est des êtres qui rient de tout, même de ce qu'il y a de plus affligeant dans la nature. Je n'avais pas encore eu la curiosité de connaître cette infortunée. Livrée à la solitude, mes longs chagrins m'en avaient fait un besoin : je sortais peu de ma chambre, et je me trouvais rarement avec les dames pensionnaires de l'abbaye, lorsque je ne recevais pas l'honneur de leurs visites. Cependant, à force d'entendre parler de madame de Panor, je pris à elle un secret intérêt, et conçus même un desir très-vif de la voir et de l'entretenir. On me dit que cette intéressante créature avait choisi, dans un lieu écarté du jardin, un bosquet pour y dresser

une espèce de mausolée à l'objet de son
amour; que là, deux fois dans la journée, elle venait répandre des larmes et
des fleurs sur la tombe d'un amant chéri,
en lui adressant les choses les plus tendres.

Je m'informai des heures de ses promenades ; j'appris qu'elle ne les faisait
plus qu'au lever de l'aurore, ou vers la
chûte du jour, depuis que quelques indis-
crètes, ayant épié ses démarches, étaient
venues la surprendre et interrompre ses
offrandes.

Un matin, qu'éveillée de fort bonne
heure, je m'occupais de LA FOLLE, car
c'est ainsi qu'on l'appelait assez généralement, je me lève, et descends au jardin.
J'entre dans le petit bois, où j'aperçois
distinctement le monument consacré à
l'amour.

Assise et cachée derrière une haute
et épaisse charmille, il y avait à-peu-

près un quart-d'heure que j'étais là,
lorsque j'entends courir légèrement quelqu'un à ma droite : j'écarte doucement
les branchages ; je vois une femme charmante ; elle accourait comme une personne poursuivie ; elle s'arrête tout-à-
coup, lève par trois fois ses bras vers
le ciel, et dit d'un son de voix si doux :
« Toujours ils me tourmentent !.... tou-
» jours !.... toujours !.... »

Apparemment qu'elle s'imaginait être
observée ; cependant, qui que ce soit ne
la suivait. Elle s'avance seule, vêtue de
deuil ; une ceinture blanche marquait
sa jolie taille ; ses cheveux épars flottaient
sur sa gorge ; sa pâleur (les roses de son
teint avaient disparu) la rendait plus
intéressante. Sa physionomie était douce,
aimable ; et sans ses yeux, où se pei-
gnaient le trouble et l'égarement de son
ame, on aurait pu la prendre pour une
infortunée accablée de langueur, qui re-
cherchait

cherchait le calme du matin, et soupirait après la paix nécessaire à ses peines.

Ses recherches finies, sûre qu'on ne l'observait point, elle se détourne de ma droite, et marche vers le côté opposé, où était son petit temple. Vîte je passe à ma gauche, pour ne point perdre de vue Ophelle; mais involontairement je fis un peu de bruit, causé par des feuilles qui se détachèrent. Ophelle prit un air inquiet, et la plus sombre tristesse se répandit sur son visage. Eh quoi? encore! dit-elle; ils sont là! Qu'on me laisse en repos! Ah! de grace, laissez-moi donc en repos; je ne trouble celui de personne, et tout le monde met son plaisir à me chagriner; mais le fermier et son cheval me délivreront.

Peu-à-peu Ophelle reprend sa sérénité ordinaire; elle me paraît tranquille, et fait plusieurs fois très-religieusement le tour du cœnotaphe, et dit à voix haute,

L

d'un ton pénétré, en étendant un de ses
bras sur le monument de ses regrets : Il
est là, mon ami ! Portant ensuite l'autre
main à sa tête, elle ajouta : Il est là encore ! Enfin, pressant fortement son
cœur : Toujours, répète-t-elle, toujours
il est là !....

Ensuite Ophelle tombe dans une profonde rêverie ; sa poitrine s'oppresse : je
l'entends soupirer, sangloter, pousser de
longs gémissemens. Le nom de d'Eloncour frappe mon oreille. Je jugeai que
c'était celui du mortel qu'elle implorait :
je ne me trompai point.

A cet état de douleur, succéda bientôt
un accès assez semblable à de la colère.
Je craignis qu'elle n'y succombât. Ses
regards étincelaient de fureur. Ophelle
recula cinq ou six pas, comme une personne à qui inopinément apparaîtrait un
monstre épouvantable. — Cruelle ! s'écrie
l'amante de d'Eloncour, laisse-moi ! laisse-

moi ! Viens-tu pour me traîner encore
aux pieds des autels ? Femme méchante !
barbare furie ! viens-tu pour me ravir
une seconde fois mon bien-aimé ? Ta
rage doit être assouvie; tu nous as donné
le trépas à tous deux. Fuis, fuis loin de
moi, spectre effrayant, et fais place à
une ombre chérie !

Un instant Ophelle prête une oreille
attentive ; elle semblait écouter quelqu'un
qui lui parlait. — Eh ! que me fait ton
repentir, quand il devient inutile ? Vi-
vante, as-tu jamais été sensible à nos
tourmens ? Jamais nos pleurs ont-elles
pu toucher ton cœur de bronze ? Il est
bien tems, aujourd'hui que je n'existe
plus ! Garde tes remords ; qu'ils déchi-
rent ton ame féroce ; qu'elle en soit la
proie. Les larmes sont le partage des
cœurs aimans.... Toi, ma mère ?....
Ma mère m'aurait aimée ! Non, tu n'es
que mon tourment. Ote-toi de ma pré-

L 2

sence ; ôte-toi, te dis-je ; ta vue sèche mes larmes, et je sens que j'ai besoin de pleurer.

Aussi-tôt deux ruisseaux de larmes s'échappent et coulent le long de ses joues. Elle tire de sa poche un flacon qu'elle porte sous ses paupières. Après avoir recueilli ses pleurs, elle les répand sur le mausolée.

O mon cher d'Eloncour ! grace, grace pour ton Ophelle ; reçois l'offrande de ses larmes.

Tu dis qu'un autre que toi est mon époux ? c'est qu'ils m'ont trahie. Je ne suis point mariée ; ils ont profité de mon évanouissement.

Tout-à-coup la voilà riant aux éclats. Le fermier et son cheval...., ils sont là.... sur ce clocher ; mais ils viendront, et je me sauverai ; oui, ils viendront ; ils ont bien fait d'autres courses.

Ophelle s'éloigna. Je la crus partie. Je

sors de ma cachette. J'examine le mau¦
solée, où je déchiffre quelques inscrip-
tions. Elles avaient rapport aux malheurs
d'Ophelle. J'étais encore à les lire, lorsqu'elle reparut, portant des roses dans
ses mains. Je me range un peu pour
la laisser passer ; car je n'eus pas le tems
de rentrer dans le petit bois. Ne m'apercevant pas encore, cette jeune victime de
l'amour reprit ainsi la parole : O mon
amant ! mon doux ami ! toi qu'un lien
de fleurs devait unir à ta maîtresse, accepte celles-ci ; je les ai cueillies pour
toi. Comme l'abeille, fais-en ta nourri-
ture ; l'absynthe sera la mienne. Hélas !
comme il est malade, mon pauvre cœur,
depuis que je ne t'ai vu !

En s'en retournant, Ophelle m'áper-
çoit : elle veut fuir ; je ne trouvai rien de
mieux pour la retenir, que de prononcer
le nom de son cher d'Eloncour. Cela pro-
duisit l'effet que je m'en étais promis.

3

Elle revint sur ses pas, m'examina avec
un trouble inexprimable, se rapprocha
de moi, prit doucement ma main, qu'elle
baisa, et me sourit. Quel sourire enchanteur ! — Qu'avez-vous dit ? d'Eloncour ? — Oui, répétai-je, le cher, le
bien-aimé d'Eloncour. — Que vous êtes
bonne ! que vous me faites de bien ! Je
croyais qu'il n'y avait plus que moi sur
la terre qui sût encore le nom de mon
amant. Mais, continua-t-elle en m'at-
tirant sur un banc, vous le connaissez
sans doute ; car votre figure est céleste ?
En disant cela, elle me regardait fixe-
ment. — Oui, elle a quelque chose de
divin ! Il vous a envoyée vers moi ? mes
soupirs lui sont parvenus ? Ne me le ca-
chez point : ne craignez pas de me donner trop de plaisir. Il y a si long-tems
que personne ne me parle de lui ! Plus
j'attache mes yeux sur les vôtres, et plus
je crois remarquer en vous quelques traits

du comte. Il vous les aura prêtés pour me
consoler. Il a bien fait, ce cher comte !
il a bien fait.

Alors elle se mit à rêver. Jetez la vue
là-bas, me dit-elle ,.... là-bas... Puis elle
appuya sa main sur son front, comme
une personne qui cherche à se rappeler
un fait de quelque importance , et qui a
du chagrin de ce que la mémoire lui
manque. Ah ! reprit - elle en soupirant
profondément , je n'étais pas autrefois
comme vous me voyez.... ni comme
cela non plus, me montrant sa robe de
deuil. Un nuage bien noir... oh , oui ,
bien noir.... Ce sont tous mes chagrins
dont je suis entourée ; vous en voyez beaucoup. — Il ne faut pas, chère Ophelle ,
lui dis-je, perdre tout espoir : le comte
peut - être reviendra. — Non ; pas possible !... pas possible ! Eh ! comment
reviendrait-il ? Les cruels ont bâti une
maison sur son corps : vous savez bien

4

pourquoi ? Ophelle a fait tout ce qu'elle
a pu pour l'aider à sortir. Rien : ils ont
barricadé sa prison de manière qu'il y
restera toujours ; et moi, me voilà morte
aussi. Mais, lui dis-je, vous aimiez donc
bien votre amant ? Et lui, sans doute,
vous chérissait avec la même tendresse ?
— Votre question m'étonne ! tout le
monde sait cela.

Ophelle se met à chanter :

R O M A N C E (*).

De l'amour naquit la douleur ;
Il déchire l'ame d'Ophelle :
Chaque jour accroît son malheur,
Aigrit sa blessure cruelle.
D'Eloncour, pour la secourir,
Ne viendra pas auprès de celle
Dont la voix sans cesse l'appelle :
Eh bien ! je n'ai plus qu'à mourir. (*bis*)

(*) Les paroles et la musique de cette romance
sont de l'auteur *des souffrances d'Ophelle.*

Elle avait un cœur tout de fiel
Celle qui fit mon infortune.
J'adresse en vain ma plainte au ciel ;
Ma plainte au ciel est importune.
Je vis, mais je vis pour souffrir,
Et tout aggrave ma misère.
A son amant n'être plus chère,
Ce n'est plus vivre ; il faut mourir. (*bis*)

Je te rejoins, amant chéri ;
Bientôt tu reverras Ophelle :
Son cœur si tendre, mais flétri,
Succombe à sa peine mortelle.
D'Eloncour, pour la secourir,
Ne reviendra pas chercher celle....
Celle qui sans cesse l'appelle :
Eh bien ! je n'ai plus qu'à mourir. (*bis*)

Ah ! soulève un peu seulement
La pierre qui couvre ta tombe !
Et, réunie à mon amant,
Que la pierre sur moi retombe..... (*)

(*) S'il se trouve quelqu'un, comme cela est
possible, qui veuille chanter cette romance dans
la société, on ajoutera au dernier couplet les quatre
derniers vers du second.

Sa voix douce et sonore m'enchantait;
mais elle s'arrêta au milieu du quatrième
couplet de sa chanson, et dit : Comte,
c'est pour toi que je chante.... Mais tu
ne m'entends pas ; car tu me répon-
drais... Et tu gardes le silence ! Ecoutez,
ajouta Ophelle en m'embrassant : Cher
portrait de mon ami ! tâchez donc de lui
ressembler encore un peu plus, si vous
pouvez. Vos yeux sont trop bleus.... Elle
se tut, et reprit presqu'aussi-tôt : Je n'ai
jamais compris comment autrefois, ne
faisant qu'un, nous étions deux; et
qu'aujourd'hui qu'il est en moi (il y
est bien : je le sens ; son cœur presse le
mien), et qu'aujourd'hui qu'il habite en
moi, je suis pourtant seule, toujours
seule.

Voyant couler mes larmes, Ophelle
me dit : Vous pleurez ! Avez-vous
perdu un ami ? et moi, j'avais aussi un
ami..... L'infortunée retomba dans un

nouvel accès. Elle se lève, et va se pré-
cipiter sur le gazon qu'elle imaginait
être le dépositaire du corps de son amant.
Elle le tint embrassé jusqu'à ce que ne
sentant plus sa douleur par l'excès de sa
douleur même, elle s'évanouit, et resta
sans connaissance sur une des marches
du monument funèbre.

Comme deux cœurs s'entendent, quand
tous deux sont infortunés ! Je cours vers
Ophelle, la relève ; je la rassieds, et lui
faisant respirer des sels, que je porte
toujours sur moi, je parviens enfin à la
rappeler, non pas à la vie, car ce n'est
point vivre que d'exister ainsi, mais je
lui rends assez de force pour pouvoir se
soutenir.

Vous êtes donc encore là ? me dit-elle
en promenant sur moi des regards lan-
guissans : j'ignore d'où je viens. Si je ne
m'en souviens pas, vous, vous le savez :

6

qu'il l'apprenne par vous. Vous le voulez bien ? oui, vous le voulez bien ?

Laure vint la chercher pour la reconduire à son appartement. Je pris beaucoup d'estime pour cette excellente fille,
si touchée du déplorable état de sa jeune
maîtresse. Elle lui prodiguait ses soins
avec tant d'affection ! Elle conservait
pour elle le plus tendre respect, et n'a-
busait jamais de son égarement, qui la
mettait à sa merci.

Remplie d'admiration pour Laure, de
reconnaissance envers la bonté céleste,
dans un vif élan de mon ame, je re-
merciai le ciel de laisser encore sur la
terre, pour nous consoler, quelques êtres
de notre espèce, bons, compatissans à
nos misères, qui nous les adoucissent,
et nous les font supporter avec plus de
résignation. Que je vous chéris, ames
sensibles qui vous attendrissez à nos
pleurs ! vous êtes aux cœurs infortunés

ce que la rosée est aux fleurs desséchées :
vous les ravivez.

Adieu, me dit Ophélle en me tendant
une de ses mains ; adieu : vous revien-
drez ; et moi aussi je reviendrai ; et, s'ap-
puyant sur le bras de Laure, elle se retira bien lentement.

Pensive, et l'ame livrée à la mélancolie, je les regardais s'éloigner de moi.
Tant que je les aperçus, je les suivis
des yeux et du cœur. Quand je ne les
vis plus, je songeai alors à me retirer.
Plongée dans la tristesse, je regagne
mon appartement. Mon ame était abat-
tue, déchirée, brisée. De retour chez
moi, je donnai un libre cours à ma
sensibilité. Comme je m'y abandonnais
avec délices ! je m'y livrai toute entière ;
j'étouffais. Si long-tems je m'étais contrainte ! je respirais à peine ; je me sentais oppressée : mon ame était dans une
situation difficile à rendre.

Un peu soulagée, je surmontai mon accablement, et me mis à mon sécretaire, où, pour ne rien oublier de la scène intéressante dont je venais d'être témoin, j'écrivis avec rapidité les propres paroles de la plus sensible des créatures, et confiai au papier le récit fidèle de ses déchirantes folies.

Quelques jours après ma première entrevue avec Ophelle, un soir, sur les neuf heures, je fus très-surprise de voir entrer Laure dans mon appartement. Que voulez-vous, lui dis-je ! Hélas ! madame, reprit cette fille avec l'expression du plus vif sentiment, pardonnez à mon importunité : pardonnez si je viens troubler votre solitude ; je suis bien excusable. Ma maîtresse, comme vous le savez, est dans un si pénible état ! J'en suis pénétrée d'affliction. Eh ! qui ne le serait pas de même à ma place ? Je cherche, autant qu'il est en mon pouvoir,

à lui porter le plus de soulagement possible. C'est ce motif que me fait venir
vous trouver. Depuis que ma maîtresse
s'est entretenue au jardin avec madame,
elle n'a qu'un cri après elle. — Puis-je entrer? demanda-t-on doucement; et, sans
attendre de réponse, on poussa ma porte,
qui s'ouvrit, et me laissa voir Ophelle
dans le plus aimable abandon. — Ah,
ma bonne amie! continua-t-elle en se
précipitant dans mes bras, et me tenant
serrée dans les siens, je vous cherche
depuis long-tems. J'y suis revenue, moi;
et vous, vous n'y étiez pas; (elle entendait le jardin). J'ai pensé que vous vou-
liez me quitter, ainsi que les autres : mais
si le comte m'a abandonnée, n'allez pas
croire que ce fût sa volonté : il ne l'a
pas fait exprès. Oh, non! Laure vous
le certifiera : on l'a forcé, contraint.
Peut-être ne pourrai-je plus jamais le
revoir; et j'en suis si fâchée!... (*Elle*

pleure.) Chut ! paix ! reprit-elle d'un air mystérieux. Si les ennemis qui sont cachés peut-être là-dessous (elle montrait mon lit) vous entendaient, ils vous en voudraient sûrement de me plaindre : ils vous feraient peut-être périr. Ah ! . . . les voilà qui s'envolent. Les voyez-vous ? Bon ! à présent causons librement : plus de crainte.

Je vous dirai que j'avais besoin de vous voir. Vous êtes si bonne ! ah ! c'est bien ! c'est bien ! Vous aimez les infortunés : moi je les aime aussi. Eh ! comment ne les aimerais-je pas ? je suis si malheureuse !

En présence d'Ophelle , Laure me raconta dans cette soirée plusieurs particularités de la vie de sa maîtresse , particularités qui me mirent au fait de son genre d'aliénation. Par exemple , je compris alors une des phrases qu'Ophelle répétait le plus souvent ; celle du fermier et de

son cheval. Il était question de Jacques ,
qui avait contribué à son évasion , après
s'être sauvée du Château noir , appar-
tenant à M. de Panor.

Je m'aperçus que durant tout le récit
de Laure , Ophelle apporta toute l'attention dont une femme , dans son bon
sens , peut être capable. A peine osait-
elle respirer , dans la crainte d'interrompre sa bonne. Elle semblait examiner l'impression que ses malheurs faisaient sur moi. Présumant ensuite que
mon amie allait avoir un accès , Laure ,
l'attentive Laure voulut la faire retirer.
Ophelle poussa des cris douloureux , qui
déchirèrent mon ame. Je promis de venir
la voir , et de lui donner aussi tous mes
soins. De jour en jour elle me devenait
plus chère ; je me sentais flattée de la
préférence qu'elle me donnait sur les
autres dames du couvent. Elle a bien
jugé de mon cœur , me disais-je. Je veux

lui montrer qu'elle ne s'est pas trompée dans son choix : oui , j'adoucirai, je diminuerai du moins ses peines.

Dès le lendemain , je rendis visite à madame de Panor. Je sonnai à sa porte : ce fut elle-même qui m'ouvrit. Elle ne m'eut pas plutôt reconnue, que, transportée de joie, elle s'écria, en retournant sur ses pas , et courant se jeter dans le sein de Laure : Bonne ! bonne ! ah , c'est elle ! c'est la belle dame ! (elle ne me nommait jamais autrement.) Bonne ! elle me l'avait bien dit qu'elle viendrait. Elle ne trompe pas, la belle dame. Ah ! c'est bien ; c'est très-bien ! Elle aime à faire plaisir : sûrement qu'elle en éprouve aussi.

J'essayerais en vain de répéter tout ce que dans cette visite me dit d'aimable notre FOLLE d'amour. Ce que je sais fort bien , c'est qu'elle me sembla beaucoup plus calme que je ne l'avais jamais trou-

vée. Je continuai de la voir habituelle-
ment. Devenue nécessaire à mon Ophelle,
sans cesse je lui parlais de son amant,
parce que j'avais remarqué que ce sujet
de conversation était un adoucissement
à ses souffrances, un véritable baume
pour sa tête et pour son cœur.

Il se passa une semaine entière sans
que j'eusse de ses nouvelles : j'étais tom-
bée malade, et je gardais le lit, ne recevant personne. Accoutumée à venir tous
les jours chez moi, Ophelle s'ennuya,
sans doute, de ne me plus voir. Un soir
qu'on avait laissé ma porte ouverte, elle
entre tout-à-coup. Je la prends pour un
fantôme : j'avais la fièvre, et je crus,
dans le premier instant, que l'objet sur
lequel j'attachais mes regards, n'était
rien que l'effet du délire de mon imagination ; c'était LA FOLLE, en déshabillé
blanc, pâle comme son linge, les yeux
plombés; portant en main, en guise de

flambeau, un long papier allumé, qu'elle
jeta au milieu de ma chambre, dans la
crainte de se brûler. Cachez-moi, cachez-
moi, me dit-elle en s'approchant ;
Laure ne veut pas que je vous voie.
— Ma belle amie, lui répliquai-je, pourquoi venir si tard ? (Il était près de onze
heures). — Je le savais bien : vous avez
cru que je vous avais oubliée. C'est elle qui
n'a pas voulu. Je suis toujours enchaînée,
et pourtant je ne suis pas méchante. Elle
s'assied sur mon lit, et posant sa main
premièrement sur ma tête, ensuite sur
mon cœur : As-tu mal là, ou là ?—Oui,
chère Ophelle. — Est-ce que tu l'as
perdu ? — Je suis malade, ajoutai-je.
— Malade? reprit-elle. Après avoir beaucoup réfléchi sur ce mot, elle le répéta
encore : malade.... Puis m'embrassant,
et m'accablant de caresses : — Ah ! je ne
te quitte point ; ne me quitte pas non
plus, je t'en conjure. Je n'aurais plus

personne pour pleurer avec moi : ne me cause pas ce chagrin. N'en ai-je pas assez ? Je t'ai cru disparue avec d'Eloncour, et je disais : Qu'elle a peu de patience ! le fermier et son cheval nous auraient sauvées ensemble.

Ophelle se lève de dessus mon lit, va dans une des embrâsures de ma chambre, et après y être restée plusieurs minutes, l'air riant et satisfaite d'elle-même, elle revient auprès de moi, s'occupant à dérouler une bandelette. Les yeux appesantis, et à moitié fermés par la fièvre, je ne distinguais pas bien. Tiens, me dit-elle, tiens, je te fais ce présent. Quand on m'en a ôté ce matin, à cause d'une chûte dangereuse, on m'a persuadée que cela me serait salutaire. Je t'en offre, comme étant ce que j'ai de plus précieux. L'amour est là, et l'amitié, sans doute, car l'amitié toujours le précède, ou le suit. Mon bien-aimé et toi, il n'y a que

vous deux pour qui je le répandrais, et
bien volontiers, jusqu'à la dernière goutte.
En disant cela, elle étendait son bras,
et couvrait mon lit de son sang. Quel
don ! Saisie, glacée d'effroi, je sonne de
toutes mes forces. Ophelle paraissait
étonnée de mon trouble. Aline, ma
femme-de-chambre, arrive à mes cris.
Quel spectacle ! Vîte elle vole à ma trop
généreuse amie. Nous lui rattachons sa
ligature en toute diligence, et cet accident n'eut aucune suite fâcheuse.

Laure, qui n'avait laissé seule sa maîtresse que pour un moment, inquiète à
son retour de ne plus la trouver, la
cherche, l'appelle. Comme elle approchait de mon appartement, Ophelle l'entendit. — Elle m'appelle : tu lui diras
de ne pas me gronder ? Ma femme-de-
chambre va au-devant de Laure, et nous
l'amène tremblante et baignée de larmes.
Ophelle (son cœur était si bon !) ne

songeant plus à se cacher, est là première à consoler sa bonne. Pardonne,
Laure, pardonne ; excuse Ophelle : je
ne me passerais pas plus de toi, que je
n'ai pu me passer d'elle. Si quelquefois je
suis heureuse, je ne le suis que par vous
deux. Heureuse ! oh ! non : le comte...
Elle fit signe de la main qu'il était bien
loin, bien loin, et soupira.

Depuis quatre ans, ma liaison avec
Ophelle était la même, et je n'apercevais
aucun progrès dans sa guérison. Les secours de l'art n'apportaient nul soulagement à ses maux; ce qui commençait à
faire désespérer les médecins d'une cure
qui devenait, de jour en jour, plus difficile. Mais le hasard nous rendit tous à
l'espérance.

Mon frère, de retour de Pondichéry,
où il a fait toute la dernière guerre, n'eut
rien de plus pressé que d'accourir à mon
couvent : il m'aimait beaucoup.

Nous étions dans un parloir, proche de mon appartement, à nous entretenir avec cette effusion de cœur que l'on éprouve d'ordinaire entre amis après une longue absence. J'entendis marcher quelqu'un dans la pièce voisine. Nous avions parlé de différentes choses ; je craignis d'avoir été écoutée. Qui est là ? demandai-je. — C'est moi. — Qui ? — Mais moi, Ophelle, toujours la triste Ophelle : quand tu me manques, tout me manque et m'afflige.

J'appris en peu de mots à mon frère la funeste aventure d'Ophelle ; il prit beaucoup de part à son déplorable sort.

Le parloir était sombre : Ophelle n'avait point aperçu d'abord celui avec qui je causais. Mais que devint-elle, lorsqu'elle eut attaché quelques instans ses regards sur mon frère ! Elle recule quatre pas, en avance six, recule encore, jette un cri de surprise, et articule assez distinctement

tinctement ces mots : C'est lui ! ah !
c'est bien lui ! le voilà !.... Elle perd
entièrement connaissance. Rien ne pou- •
vait la rendre à la vie. Très-inquiète de
voir mes secours inutiles, j'envoie chercher Laure, qui reste presque aussi frappée, étonnée qu'Ophelle. Il n'est pas possible, me dit-elle, de rencontrer une
si parfaite ressemblance. Qui voit monsieur, voit le vrai portrait du comte d'E-
loncour. Mon frère consentit à s'éloigner
un peu, afin que sa vue, trop funeste
à mon amie, ne fût point ce qui la frap-
pât d'abord, lorsqu'elle reviendrait de son
évanouissement.

Après des craintes infinies, nous par-
vînmes à lui faire ouvrir les yeux. Quels
regards elle promena autour de nous !
Dans ce moment, elle n'avait rien d'é-
garé. Sa physionomie était si calme !
Pour la première fois je pus juger de toute
la beauté de ses traits.

M

Ma bonne amie, me dit Ophelle, vous ne croiriez pas ce que je viens d'éprouver, ce que j'éprouve encore, ce qui se passe en moi. Je sors d'un sommeil pénible ; je ne me ressouviens de rien que de vous, de vos bontés, de ma chère Laure : tout le reste échappe à ma pensée ; je ne me rappelle rien, sinon que j'ai ressenti tantôt une très-grande joie ; mais vous expliquer ce qui l'a produite en moi, cela m'est impossible ; je l'ignore. Une seule idée, mais bien confuse, qui me plaît et m'attache, m'occupe uniquement. Il me semble que je touche presqu'au bonheur ; mais je sens en même tems qu'il me manque quelque chose : ne serait-ce pas un plaisir qui peut-être ferait ma félicité ? Aidez-moi, mes bonnes amies, à devenir heureuse ; donnez-moi, rendez-moi donc ce que mon cœur souhaite si ardemment, et

ce que mon esprit trop faible ne peut
distinguer ni vous nommer.

Nous restâmes fort étonnées, Laure
et moi, d'entendre parler Ophelle avec
autant de suite. De ce moment, nous
jugeâmes toutes deux que mon frère, au
lieu d'être à craindre pour mon amie,
pouvait, au contraire, contribuer à sa
guérison. J'appelai de Saint-Albe, qui
se rapprocha de nous, encore tout ému
d'une scène si extraordinaire.

Le voilà, s'écrie Ophelle; le voilà ce
bonheur que je vous demandais. Cher
comte!.... O mes bonnes amies! mon
ame ne suffit plus à mon enchantement;
il va me faire mourir. S'approchant alors
de la grille, et tendant ses belles mains
à de Saint-Albe : D'Eloncour, mon tendre ami, est-ce bien toi? toi qui me fus,
qui m'es encore si cher? Si c'est une illu-

sion, ah ! ne la fais jamais cesser. Il
serait trop cruel, après avoir cru toucher
au bonheur, de le voir s'évanouir si rapidement ; mais au contraire, si ce n'est
point un songe, si c'est bien mon amant
que je vois, que je touche ! .... Oui, mes
yeux l'ont vu ;... c'est lui ! .... Toi ?
Mon cœur doute.... non, il croit.... cependant.... il doute encore.... il n'est pas
bien certain.... répète-moi mille fois que
tu m'aimes. Tes accens ne m'ont jamais
trompée.... O desiré d'Eloncour ! je suis
toujours Ophelle. Toujours ! ce mot me
plaît ; il t'assure que je n'ai jamais varié
de sentimens pour toi.

De Saint-Albe répondit aux caresses
d'Ophelle de la meilleure grâce du monde,
et se prêta volontiers à l'illusion qui la
séduisait. Nous eûmes mille peines à lui
faire quitter mon parloir ; il fallut auparavant que mon frère lui réitérât, pres-

qu'avec serment, qu'il ne passerait plus
un seul jour sans revenir l'assurer de sa
tendresse.

Pendant neuf jours consécutifs, il se
fit une révolution totale dans les idées
d'Ophelle ; révolution accompagnée de
violentes douleurs et d'une fièvre continue. Durant ce tems, les médecins, dont
l'espérance venait de renaître, s'occu-
pèrent de nouveau de sa parfaite guérison. Les bains, quelques saignées, la
présence de mon frère, nos consolations
enfin, contribuèrent à lui rendre son bon
sens.

Ce qui était arrivé à ma jeune amie
avant son entrée au couvent, commençait à se peindre à son souvenir avec des
couleurs plus distinctes, plus fortes ; et
bientôt ce ne fut plus que par quelques
momens qu'elle eut encore de légères ab-
sences. La mort de son mari (bien sû-

rement elle ne la desirait pas) ; la joie de
se trouver libre, indépendante ; la tranquillité de la vie qu'elle menait au couvent, le bonheur qu'elle assura pour toujours à Laure, en la dotant, en la ma-
riant à celui que cette fille aimait depuis
nombre d'années, hâtèrent le retour de
sa raison. Il est bon de vous apprendre
que, par délicatesse, Laure avait refusé
constamment d'être unie à son cher Noisi,
tant que sa maîtresse avait été dans la
démence ; mais aussi le premier usage
qu'Ophelle fit de sa raison, fut de s'occuper de la félicité de la tendre, de
l'excellente Laure. Ophelle s'attacha la
femme et le mari, et les conserva comme
ses deux plus fidèles gardiens. Elle n'oublia pas non plus l'officieux Jacques, dans
les assurances qu'elle donna de sa reconnaissance : tous ceux enfin qui avaient
servi à lui procurer quelques adoucisse-
mens dans ses peines, eurent part aux

témoignages de sa sensibilité comme à
ses bienfaits.

Ophelle entrait à-peu-près dans sa vingt-
quatrième année, lorsqu'elle recouvrit
entièrement son bon sens. Son amitié
pour moi, mon attachement pour elle,
notre confiance réciproque, lui rendirent
entièrement sa santé première ; les grâces
de son esprit ajoutèrent encore à celles
de sa figure si intéressante, malgré l'air
de mélancolie dont tous ses traits restèrent empreints les dix dernières années
qu'elle a vécu.

Le trépas de M. de Panor (que le triste
état de mon amie fit descendre au tombeau, accablé de chagrins) força Ophelle
d'aller passer une année dans le monde,
pour arranger ses affaires. Quand elles
furent finies, elle distribua généreusè-
ment aux parens de M. de Panor les
immenses biens qu'il lui avait laissés,

ne se réservant qu'une pension de .dix mille livres. Aussi-tôt après elle revint habiter mon couvent, et se jeter dans le sein de l'amitié. « Voilà, me disait-elle, » le seul sentiment agréable qui reste » à mon cœur. Jugez, avec une ame » sensible comme la mienne, combien » je suis capable de vous aimer ; et pour- » tant je sens bien que je ne pourrai » jamais, quoi que je fasse, m'acquitter » envers vous, ma bienfaisante amie, » de tout ce que je dois à votre tendresse » inaltérable. »

A l'égard de mon frère, Ophelle, dans le cours de sa guérison, se désabusa presque d'elle-même. Cent fois depuis elle nous répéta que, séduite par son imagination, et trompée par ses yeux, elle ne l'avait jamais été par son cœur ; que Saint-Albe lui avait apporté la joie qu'éprouve une maîtresse à consi- dérer l'image de celui qu'elle adore ; mais

non ce transport involóntaire, volup-
tueux, enivrant d'une ame brûlante qui
a besoin de se réunir à l'ame de l'amant
qui sut la captiver.

Ophelle mourut à trente-cinq ans et
cinq mois, d'une maladie de langueur
qu'elle eut à la suite d'une fièvre putride.

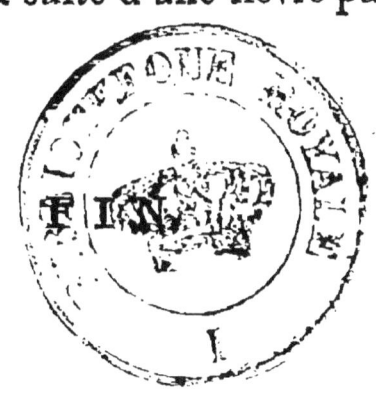

N. B. Il y a eu deux exemplaires tirés sur papier
vélin, pour l'auteur.